新編 古典今看

王溢嘉——著

自序　別窗有奇景：古典文學的新詮釋

我的闖入中國古典文學領域，可以說是出於偶然的機緣。將近三十年前，師大中文系的鄭明娳教授打電話到《健康世界》雜誌社來，說她為《台北評論》策畫一個「從古典文學看中國女性」的專題，希望我能從精神分析的觀點分析一下《金瓶梅》裡的潘金蓮。與文學界殊少來往，將近十年未在外面的報章雜誌寫過文章，也從未分析過文學作品的我，第一個反應是以「忙」為「遁」。當時我的確是在「窮忙」，除了《健康世界》的編務外，更忙著由我和妻子一手包辦的《心靈》雜誌的一切瑣事。但拗不過鄭教授的熱心與盛情，最後還是答應了。

在寫了〈從精神分析觀點看潘金蓮的性問題〉（現稍事增改，更名為〈誰是潘金蓮：《金瓶梅》裡的淫婦與性事〉）後，當時任《台北評論》執行主編的林耀德又來找我，要我「繼續寫」。恭敬不如從命，所以我又在《台北評論》寫了兩篇：〈從梁祝與七世夫妻談浪漫愛及其他〉和〈從薛氏父子傳奇看伊底帕斯情結在中國〉。後來《台北評論》停刊，耀德兄到《台灣春秋》擔任文學主編，他又來邀稿，要我轉移陣地，結果我跟著轉進到《台灣春秋》。隨後，耀德兄離開《台灣春秋》，我不知進退，還繼續寫下去，寫到後來，居然已到了能出一本書的地步。

但我的闖入中國古典文學領域，也有機緣以外而近乎命定的成分。在鄭教授向我邀稿時，我正處於「四十而大惑」的人生危機中，幾經徬徨，做了兩個重大決定：一是停掉以介紹西洋心理學、精神醫學、腦神經生理學、人類學和科學哲學為主的《心靈》雜誌；一是投靠名門大派，改到各報章雜誌上寫文章。鄭教授和耀德兄成了適時出現的「貴人」，雖然我很久以前就想以「西學為用」，來理解「中學」這個「體」；也很想碰一些古典文學，以博得出身台大中文系妻子的「讚美」，但一直停留在做白日夢的階段。若沒有他人催逼與發表的園地，我可能到現在還未動筆，或者已改寫別的東西。

這些文章在刊載時的專欄名稱為「古典今看」，但寫了一兩篇後，就發現我的「看法」跟學院派文人不太一樣，不同的地方主要有兩點：一是我所探討的多屬「周邊文學」，譬如《七世夫妻》、《薛丁山征西》、《肉蒲團》、《封神榜》、《周成過台灣》、《子不語》、《笑林廣記》等；即使在討論《紅樓夢》時，我的主題依然是林黛玉的病與死這個周邊問題。一是我除了用已被接納為一種文學批評理論的精神分析學和分析心理學外，還用了大量的社會生物學、意識進化論、性醫學、超心理學、人類學甚至腦神經生理學來解析這些文學作品；事實上，我是用我比較熟悉的知識體系來「看」這些古典文學的。

這當然跟我的所學有關，每個人都會受到他個人知識經驗的局限。我為什麼會以周邊的方法去分析周邊的文學作品，在相關的篇章裡，都已做了說明，此處不再贅述。個人的一個想法是，中國古典文學是祖先留下來的一份豐富精神遺產，要使現代國民再度親近它們，我們應該以更寬廣的視野、更多樣的角度來賦予它們以新義，為它們爭取更多的讀者。筆者誤打誤撞，覺得自己所寫的，在學院派文人眼中也許根本稱不上什麼「文學評論」，但即使屬於旁門左道的散兵游勇，既然寫了，卻是有心要賦予這些文學作品以新義的。雖然有心，不過顯然也不夠用心，因為一個月要寫一篇，加以諸事煩忙，每篇文章從閱讀原書到撰文，只能有一個禮拜的時間，疏拙之處在所難免。

本書在一九八九年初版後，承蒙各界厚愛，發行了近二十刷，也在中國大陸發行簡體字版。後來因個人疏懶，賣完了沒有再印，想就此不了了之；如今在絕版多年後，承蒙有鹿文化許悔之社長好意，鼓勵我重新出版，所以我對舊文做了一些修改，主要是在既有的架構裡添加新的枝葉，譬如在談《白蛇傳》時，多了文學進化論的看法；在談《金瓶梅》時，討論了潘金蓮是否有想要「自我羞辱」的被虐傾向；在談《包公案》時，增加了中國官場偵辦刑案時特有的「包青天情結」。另外，我也增加了一篇〈唐詩別裁：〈楓橋夜泊〉與〈慈烏夜啼〉兩首〉從文學之外的角度去突顯這兩首唐詩所涉及的一些真實與心理問題，期望大家在欣賞優美的詩文之餘，能多一點省思。

王溢嘉

二〇一九年五月

目錄

美麗與哀愁之外：林黛玉的愛情、疾病與死亡

為了讓浪漫愛「懸擱」在它熾烈的高原狀態，當事者通常必須「適時地死亡」，宛如櫻花一般，在最燦爛的時刻凋落。

疾病介入愛情，通常在象徵那是一種「有病的愛」。林黛玉的肺結核正表示她對賈寶玉的愛有病態的成分，簡單說，就是一種「自虐式的愛」。

肺結核是十八世紀以降，愛情小說主角最常得的病，也是藝術家的優雅之病。林黛玉正是大觀園裡最多愁善感、最才華洋溢的藝術家。

肺結核會發燒，代表一種熱情，但發燒時的體溫通常不會很高，所以那是一種「內在悶燒的熱情」，林黛玉的愛情正具有這種壓抑的性質。

重新拿起《紅樓夢》的心理轉折

筆者甫上大學時，即買了一本《紅樓夢》，想虛心拜讀這部被公認為中國最偉大的小說，但多次閱讀，都是看了幾回就無疾而終。要說老實話嘛，是「沒興趣再看下去」，總覺得它所描述的世界、所透露出來的心情和觀念，跟我當時的心靈視野對不上，而缺乏閱讀的熱情。所以在那個自發性閱讀的年代，《紅樓夢》很自然地被我擺在一邊，坐冷板凳。

今天，重新拿起《紅樓夢》，是因為自己的心靈經過一個很大的轉折，路轉峰迴，變得「適合」來研讀這部古典名著了。歷來討論《紅樓夢》的專家學者多矣，筆者後知後覺，對過去汗牛充棟的紅學論著有很嚴重的專業缺憾，但也許正因為這種缺憾，而使我得以用自己的專業眼光以及一種跟傳統不太相類的文學心靈來看《紅樓夢》。

塑造美麗與哀愁故事的慣用手法

在《紅樓夢》這部人物眾多、布局宏偉的巨著裡，賈寶玉和林黛玉的愛情無疑是一條重要的主線。這條主線在九十七回〈林黛玉焚稿斷痴情，薛寶釵出閨成大禮〉達到最高潮，林黛玉吐血而亡，賈寶玉則神智不清地娶了薛寶釵，令人迴腸盪氣的愛情在疾病與死亡中畫上休止符。

在文學作品裡，愛情、疾病與死亡這三者經常如影隨形，連袂登場。愛情是美麗的，而疾病與死亡則是令人哀愁的，它們的三位一體，似乎是文學家在塑造一個美麗與哀愁故事時慣用的手法。但從心理學的觀點來看，疾病與死亡的附加於愛情，並非在增加哀愁而已，它們還有另外的含義。事實上，愛情故事裡的疾病與死亡都已跨越了醫學範疇，而成為文學領域裡一種獨特的隱喻（metaphor）。本文擬從林黛玉的「病」與「死」這個對傳統文學家而言屬於周邊的立場，來剖析她的「愛」，並兼及於她的才情與人格。

我們先談死亡與愛情的關係。

古典浪漫愛的兩個要件

古典浪漫愛的兩個基本要件是「欲望的不得消耗」與「死亡」（詳見〈《梁祝》與《七世夫妻》：閒談浪漫愛及其他〉一文，頁二二七）。因為性欲的滿足會減弱愛情的強度，就像葉慈所說：「欲望會死亡，每一次的觸摸都耗損了它的神奇。」為了使欲望不能消耗，通常會有種種的橫逆來阻擾他們的愛情，有情人不得成為眷屬。但另一方面，時間的推移也會使愛情自動弱化，所以為了讓浪漫愛「懸擱」在它熾烈的高原狀態，當事者通常必須「適時地死亡」，宛如櫻花一般，在最燦爛的時刻凋落。

梁山伯與祝英台、羅密歐與茱麗葉等古典浪漫愛故事，多符合上述的結構。林黛玉對賈寶玉的愛情也正具有這種本質，她和寶玉「一處長大，情投意合」。心中的一縷情絲早已纏在寶玉身上，但種種橫逆卻使她熾烈的情感與欲望不得消耗，禮教的束縛，使她「雖有萬千言語，自知年紀已大，又不便似小時可以柔情挑逗」。而「寶玉」和「金鎖」（薛寶釵）間的「金玉良緣」論，也使她不時悲疑；在賈母、王夫人、邢夫人、鳳姐兒等成熟女人眼中，她更是「乖僻」、「虛弱」，不準備將她配給寶玉。

死亡：浪漫愛的一個隱喻

當寶玉的婚事日漸明朗化時，黛玉也日漸走上了自絕之路。在她竊聽了紫鵑和雪雁有關寶玉定親的談話後，「如同將身撂在大海裡一般。思前想後，竟應了前日夢中之讖；千愁萬恨，堆上心來。左右打算，不如早些死了，免得眼見了意外的事情，那時反倒無趣」。於是「立意自戕」，「把身子一天一天的糟蹋起來，一年半載，少不得身登清淨」。中間雖有一些起伏，她也曾到寶玉住處，想「問個明白」，但只是更增加心中的迷惑，而終於在「薛寶釵出閨成大禮」時，她在瀟湘館中直叫：「寶玉！寶玉！你好……」而香魂一縷隨風散。

如果照賈母的如意算盤，「先給寶玉娶了親，然後給林丫頭說人家」男婚女嫁，各生了一大堆子女，那麼這也就不成其為「浪漫愛」了。林黛玉「必須」在賈寶玉成婚的當天死亡，這樣才能使她對寶玉的愛情永遠懸擱在那熾烈的最高點，才能賺人熱淚。賈寶玉雖然在娶薛寶釵時神志不清，日後也出家當和尚，但因沒有「適時地死亡」，他對林黛玉的愛情就少了那麼一點令人感動的力量。

死亡是浪漫愛的一個隱喻，甚至是浪漫愛的一個必備條件。林黛玉的死亡，明白告訴我們，她對賈寶玉的愛是屬於古典的浪漫愛。

疾病：「有病之愛」的象徵

在古典的浪漫愛故事裡，雖然總是脫離不了死亡，但帶來死亡的並不一定是疾病。譬如在《七世夫妻》這組中國古典浪漫愛的故事裡，美夢成空而情絲難斷的梁山伯是因相思而茶飯不思，終至一命嗚呼的。而韋燕春則是與賈玉珍相約在藍橋相會，在傾盆大雨、洪流滔滔中，他不忍離去，結果抱橋柱而亡的。

疾病的介入，特別是可以指名的疾病的介入，通常是愛情的另一個隱喻。在白先勇的〈玉卿嫂〉裡，玉卿嫂所狂情熱愛的慶生，是一個蒼白、羸弱的肺病患者；在托瑪斯．曼（Thomas Mann）的《魂斷威尼斯》裡，中年作曲家對到威尼斯度假的美少年產生了同性之愛，結果感染了瘟疫（霍亂）；在西格爾（Erich Segal）《愛的故事》裡，出身世家的男主角不顧家人反對，娶了門不當戶不對的女主角，結果女主角得了血癌的不治之症。

在這些故事裡，疾病所要象徵的似乎是：當事者之間的愛乃是「有病的愛」（a diseased love），最少是社會共識裡「有病的愛」（譬如讓當時多數人皺眉的）。

日受奚落的痴情狂戀

浪漫愛在某些人的眼中，原就是「病態」的。行為主義者史金納（B. F. Skinner）寫過一本烏托邦式的小說《桃源二村》，他透過小說人物佛萊澤說：「男女間強烈的誘惑力是一個惱人的文化氣質。」、「纏綿悱惻的痴情畸戀，就整個文化而言，根本微不足道。」他認為痴情狂戀是一種「無益」而且「不健全」的行為。赫胥黎（A. L. Huxley）也在他的烏托邦小說《美麗新世界》裡，以新世界元首的話傳達了這種觀點：「貞節意味著熱情，貞節意味著神經衰弱，而熱情與神經衰弱意味著不安定。」

人文心理學家羅洛梅（Rollo May）更在他的《愛與意志》一書裡提到，有一個心理治療學家很有自信地說：「如果羅密歐與茱麗葉活在現代，如果他們能接受適當的心理治療，就不會發生那種悲劇。」

為什麼要他們接受「心理治療」？顯然是認為他們「有病」！在浪漫愛的故事裡，男女主角常會「生病」，似乎就是這種心理的投射；而愈是明顯的「病」，就意味著那種愛有著愈嚴重的「病態」成分。

林黛玉愛情的病態成分

林黛玉是個「病」得很重的人。我們若從這個觀點來看，不難發現她對賈寶玉的愛情是含有「病態」成分的。林黛玉對賈寶玉雖是一往情深，但兩人在一起時，卻常常因她的「多心」與「賭氣」，而鬧得彼此「淚流滿面」。

譬如在第二十回，黛玉聽說寶玉先到寶釵處玩兒，心裡就不高興，寶玉陪罪：「（以後）只許和你玩，替你解悶兒！」黛玉仍賭氣回房，寶玉忙跟了過去，關心地問：「好好兒的又生氣了！」怕她糟塌壞了身子。但黛玉卻說：「我作踐了我的身子，我死我的，與你何干！」寶玉道：「何苦來？大正月裡，『死』了『活』了的。」黛玉卻道：「偏要說『死』！我這會子就死！你怕死，你長命百歲的活著！好不好？」

第二十六回，寶玉到瀟湘館探望黛玉，黛玉剛睡醒坐在床上，寶玉見她「星眼微餳，香腮帶赤，不覺神魂早蕩」。打情罵俏地引了書中的一句話說：「若共你多情小姐同鴛帳，怎捨得叫你疊被鋪床？」想不到黛玉聽了登時撂下臉來，哭道：「如今新興的，外頭聽了村話來，也說給我聽；看了混賬書，也拿我取笑兒。我成了替爺們解悶兒的了！」一面哭，一面下床來，往外就走。害得寶玉心慌，連忙說：「好妹妹，我一時該死！……我再敢說這些話，嘴上就長個疔，爛了舌頭！」

可說是一種「自虐式的愛」

又如第三十二回，黛玉感念寶玉對自己的知心，又想及自己的薄命，不覺落淚。寶玉趕著上來，笑道：「妹妹，往那裡去？怎麼又哭了？又是誰得罪了你了？」黛玉強笑說：「何曾哭來？」寶玉見她眼睛上的淚珠兒沒乾，禁不住抬起手來要替她拭淚，黛玉立刻防衛式地後退，說道：「你又要死了！又這麼動手動腳的！」但當寶玉為此而急出一臉汗時，她卻伸手替他拭面上的汗。寶玉說：「你放心！」黛玉又說：「我有什麼不放心的？我不明白你這個話。」寶玉嘆道：「你果然不明白這話？難道我素日在你身上的心都用錯了？連你的意思若體貼不著，就難怪你天天為我生氣了。」黛玉還說她「真不明白」。寶玉又嘆道：「好妹妹，你別哄我！你真不明白這話，不但我素日白用了心，且連你素日待我的心也都辜負了。你皆因都是不放心的緣故，才弄了一身的病。」黛玉雖然覺得寶玉這番話「竟比自己肺腑中掏出來的還覺懇切」，卻只管怔怔地瞅著他，「咳了一聲，眼中淚直流下來，回身便走」，寶玉上前拉住，黛玉「一面拭淚，一面將手推開」。

以上所舉，可以說是林黛玉和賈寶玉之間的愛情基調，從心理學上來看，我們可以稱之為「自虐式的愛」。它確實是有點「病態」的，它也使我想起卡夫卡對愛情的描述，卡夫卡說：「愛情，你是一把刀子，我拿來刺入自己的心中。」而在第八十二回〈病瀟湘痴魂驚惡夢〉裡，在林黛玉的夢中，當兩人又因事發生爭吵時，賈寶玉就是「以一把刀子刺入自己的心中」。當然，有人會說以刀自殘的是賈寶玉，但那是林黛玉的夢，我們要知道一個人在夢中夢見某某人會說什麼話、做什麼事，通常是做夢者自己心思的投射。

無獨有偶，卡夫卡也是一個「有病」的人，他得的是肺結核。

林黛玉的肺結核

林黛玉到底得的是什麼病呢？《紅樓夢》對林黛玉所患之病的症狀有如下描述：黛玉初到賈府時，「身體面貌雖弱不勝衣，卻有一段風流態度」。眾人「便知她有不足之症」；經常懶洋洋的，香腮帶赤；第三十四回，黛玉在寶玉送來的絹子上題詩後，「覺得渾身火熱，面上作燒；走至鏡臺，揭起錦袱一照，只見腮上通紅，真合壓倒桃花，卻不知病由此起」。

其他像「每歲至春分、秋分後，必犯舊疾；今秋又遇著賈母高興，多遊玩了兩次，未免過勞了神，近日又復嗽起來」、「常常失眠」、「容易疲倦」。而到了第八十二回，林黛玉夢中醒來，「雙眸炯炯，一會兒咳嗽起來，連紫鵑都咳嗽醒了」，吐了「滿盒子痰，痰中有血星」，後來日漸嚴重，「臉上一點血色也沒有，摸了摸，身上只剩了一把骨頭」、「哇的一聲，一口血直吐出來」、「喘了好一會兒」、「氣接不上來」、「又咳嗽數聲，吐出好些血來……」。

從這些症狀描述，我們可以很清楚地知道，林黛玉罹患的是肺結核，也就是俗稱的「肺癆」。在過去，肺結核是一種相當常見的疾病，十九世紀及二十世紀初年的作家，喜歡讓他們的男女主角染上肺結核，就跟現代作家樂於讓他們的男女主角罹患癌症一樣，這絕不只是社會寫實而已，還有超乎醫學與寫實之外的深刻含義。

肺結核的「疾病美學」

在癌症中，最常出現於愛情小說裡的是「血癌」（一稱「白血病」），這種癌症並不像其他癌症一般會有可見或可觸摸得到的可憎腫瘤，能相當維持當事者的形象美感；而且血是生命的象徵，病人因此病而臉色蒼白，在「白」與「血」之間，很巧妙地營造出病人「美麗的生命正逐漸被吞噬」的意象。西格爾《愛的故事》裡的女主角，得的就是這種病。

結核病也不是只侵犯肺，它還會侵犯腎臟、骨頭等器官，但在過去的愛情小說裡，出現最多的還是僅止於肺的結核病。因為肺是呼吸器官，而呼吸亦是生命的象徵；病人雖然也臉色蒼白，但不時出現「紅暈」，「卻有一段風流態度」，不停地咳嗽，還有生命「掙扎」與「顫動」的氣氛，如果能適時吐一口血，則更有魯迅所說「海棠丫環」的淒豔美感。肺結核就像血癌，在「白」與「血」之間，營造出病人「美麗的生命正逐漸被吞噬」的意象，而且是更勝血癌三分。

如果林黛玉得的不是肺結核，而是亦常見於當時社會的痢疾（我考察中國的流行病史，在清朝初年，最常見的流行病是痢疾），需經常跑廁所拉肚子，吐出來的是胃中的穢物；如果《愛的故事》女主角得的不是血癌，而是肚子會鼓得像青蛙一樣，上面血管盤結的肝癌；那麼她們的浪漫愛必然會大為「失色」。我們若考慮疾病的隱喻作用，則不僅能更確認林黛玉得的是肺結核，而且可以說，林黛玉「只能」得肺結核，因為其他病都不「合適」。

肺結核與「心理鬱結」

在第八十三回，賈府請了高明的王太醫來為黛玉診病，王太醫說她是「六脈弦遲，素由積鬱。左寸無力，心氣已衰。關脈獨洪，肝邪偏旺。本氣不能疏達，勢必上侵脾土，飲食無味；甚至勝所不勝，肺金定受其殃。氣不流精，凝而為痰，血隨氣湧，自然咳吐」。筆者雖不懂這種夾雜陰陽五行的中醫病理學，但知道他意思是說林黛玉的病是「平日鬱結所致」。王太醫更說，這種病「即日間聽見不干自己的事，也必要動氣，且多疑多懼。不知者疑為性情乖誕，其實因肝陰虧損，心氣衰耗，都是這個病在那裡作怪」。

稍懂現代醫學知識的人都知道，肺結核是一種傳染病，它的病源是結核菌。但在將王太醫的一番話打為「胡說八道」之前，我們不妨先看看西方人的觀點。在科霍（R. Koch）發現結核菌並證實它是肺結核的病源（一八八二年）之前，西方人也一直認為遺傳體質、氣候不順、少活動、心情鬱悶等才是它的病因。即使到了近二十世紀中葉，罹患肺結核的小說家卡夫卡依然認為「我的心靈病了，肺部的毛病只是我心靈疾病的氾濫」、「我開始認為結核病不是什麼特殊的病，而是『死亡之菌』的猖狂所致」。

文學家甚少以科學觀點去看疾病的，他們著重的是疾病的文學觀。即使確知結核菌是肺結核的病源，但這也只是「外在的物理因素」，它另有「內在的精神因素」，王太醫所說的「平日鬱結所致」指的似乎就是這一點。文學家在以疾病來做為隱喻前，已將疾病本身浪漫化了。

優雅的藝術家之病

蘇珊．桑塔格（Susan Sontag）在《疾病的隱喻》這本書裡，對肺結核在西方文學作品裡的被浪漫化與隱喻化過程，做了相當獨到的闡述，下面筆者就借用她的幾個觀點，來進一步分析林黛玉的才情、人格與愛情。

拜倫、濟慈、蕭邦、史蒂文生、勞倫斯、梭羅、卡夫卡等知名的藝術家都患有肺結核，肺結核可以說是名副其實的「藝術家之病」，它不僅是一個人優雅、細膩、善感的指標，更是一個人才情的戳記，雪萊就曾對肺病鬼濟慈說：「這種癆病特別喜歡像你這種能寫出如此優美詩文的人。」浪漫主義的興起，跟當時很多藝術家都是肺病鬼也許有某種程度的關係。有人甚至說，當代文學與藝術的沒落，乃是因為藝術家較少得肺病的關係。

到底是多愁善感的人較易得肺結核？或得了肺結核的人較易變得多愁善感？我們不擬探究它們的因果關係。雖然絕大多數的肺結核患者都屬於生活條件很差的貧民階級，但肺結核還是被美化成多愁善感與才華橫溢的象徵。做為一種「藝術家之病」，它不僅存在於現實社會中，也一再出現於文學作品裡。

在《紅樓夢》裡，林黛玉就是大觀園中最多愁善感、最優雅細膩、最才華橫溢的「藝術家」。她不僅能寫一手好詩、彈一首好琴，而且還經常「肩上擔著花鋤，花鋤上掛著紗囊，手內拿著花帚」。怕落地的花瓣被糟蹋了，而為它們準備了花塚，自己一面葬花，一面哽咽低吟：「爾今死去儂收葬，未卜儂身何日喪！儂今葬花人笑痴，他年葬儂知是誰！試看春殘花漸落，便是紅顏老死時。一朝春盡紅顏老，花落人亡兩不知！」

這種「美麗的哀愁」、「細膩的才情」正需要肺結核這種病來襯托。

一個藝術家如果能死於肺結核，可以說比死於其他疾病都要來得「高貴」，因為肺結核有美化死亡的效果。狄更斯就曾說：「肺結核……靈魂與肉體間的搏鬥是如此的緩慢、安靜而莊嚴，結局又是如此的確定。日復一日，點點滴滴，肉身逐漸枯萎消蝕，以致於精神也變得輕盈，而在它輕飄飄的負荷中煥發出異樣的血色。」

襯托出林黛玉的脾性

林黛玉最後死於肺結核，除了象徵浪漫愛的必然結局外，更代表了一個藝術家的理想歸宿。藝術家決定她死亡的方式，而浪漫愛則決定了她死亡的時刻。一八二八年，拜倫望著自己鏡中蒼白的容顏說：「我希望死於肺癆。」他的朋友問他為什麼？拜倫回答說：「因為如果是這樣，那些女士們就會說：『看看那可憐的拜倫，他死時的樣子多麼魅人！』」林黛玉的死，正有著這種魅人的意味。

事實上，肺結核的美感乃是來自一種「欺蒙」，譬如病人的「容顏似雪」，是生命快被掏光的危象，而「香腮帶赤」則是發燒的一種反應。在文學作品裡，被浪漫化的肺結核說的通常只是它美麗的一面；而《紅樓夢》很難得地也觸及了它的另一面，那就是林黛玉令人不敢領教的脾性。

林黛玉「無事悶坐，不是愁眉，便是長嘆；且好端端的，不知為著什麼，常常的便自淚不乾的」，她「孤高自許，目無下塵」，除了服侍她的雪雁、紫鵑外，不得下人之心，而雪雁、紫鵑先時還解勸她，「用話來安慰，誰知後來一年一月的，竟是常常如此，把這個樣兒看慣了，也都不理論了；所以也沒人去理她，由她悶坐，只管外間自便去了」。

她的細膩，使她的心像針兒一樣，在善感之中經常刺傷了別人，被刺傷得最多的，當然就是愛她最深的寶玉。

這些不好的脾性跟她的才情、優雅、細膩、善感乃是一體的兩面。疾病可以引出一個人最好的一面，但同時也會暴露他最壞的一面。透過肺結核這個隱喻，我們似乎可以更加了解曹雪芹所欲賦予林黛玉的才情與人格本質。

內心悶燒的熱情

前面已提及，林黛玉的病象徵她對賈寶玉的愛是一種「有病的愛」、「自虐式的愛」。那麼當這種病已明確化為肺結核時，它是否另有其他意涵呢？

托瑪斯．曼在《魔山》這本小說裡會說：「疾病的症狀是愛情力量的假面演出，所有的病都只是愛的變形。」肺結核的患者會發燒，而使臉頰現出紅暈，所以它是一種「熱情之病」(a disease of passion)；但因為它發燒時的體溫通常不會很高，所以這種熱情較接近於「在內心悶燒」，有著壓抑的性質。

我們若以此來考查林黛玉對賈寶玉的愛情，那的確是屬於有些壓抑的，在「內心悶燒」的熱情。筆者在前面介紹林黛玉肺結核的症狀時，曾提到在第三十四回，她在寶玉送來的絹子上題詩時，「覺得渾身火熱，面上作燒」，照鏡子發現「腮上通紅，真合壓倒桃花」。這一方面固然是肺結核發燒的症狀，但一方面也是她「體貼出絹子的意思來，不覺神痴心醉」的結果。病歟？情歟？我們宜兩者合而觀之。

熱情在心中的波濤起伏

在賈寶玉有了提親之說後，我們最可以看出黛玉的熱情在「體內悶燒」的變化。當她聽到丫環誤傳寶玉已訂下知府千金小姐親事的消息後，熱情失去了歸依的對象，於是立刻在自己「體內悶燒」，病情加劇；後來又聽說沒那回事，賈母希望「親上加親」，屬意「園裡的姑娘」，黛玉覺得那就是自己，在體內悶燒的熱情又有了出口，病情也跟著好轉；到最後確定寶玉要娶的是寶釵後，無處發洩的熱情終於又退回體內急劇燃燒，以致香消玉殞。

在這段期間內，大觀園裡的眾人都知道「黛玉的病也病得奇怪，好也好得奇怪」。邢夫人和王夫人是「有些疑惑」，而賈母「倒是略猜著了八九」，她知道黛玉的病「時好時壞」代表的是她心中熱情的波濤起伏。

紀德（A. Gide）在《背德者》這本小說裡，有一個發人深省的布局，書中主角米契爾是個肺結核患者，他有同性戀的傾向，但他壓抑這種愛，直到有一天，他不再壓抑，接受了這種愛，他的肺結核竟也不藥而癒了。林黛玉對賈寶玉的愛，除了「自虐」外，更有很濃厚的壓抑色彩，如果她能更自然地讓熱情流露，也許就能減少或者不需要那麼多症狀。但這似乎是不可能的，因為基本上，林黛玉對賈寶玉的愛是最前面所說的「古典浪漫愛」，欲望是不能消耗的。

斯人而有斯疾也

紅學專家認為，《紅樓夢》後四十回並非曹雪芹所寫，而是高鶚的續作，本文所談林黛玉的愛情、疾病與死亡，從第二回到第九十八回，貫穿這兩者，筆者覺得，曹雪芹和高鶚對林黛玉愛情、疾病與死亡的鋪陳，倒是首尾相扣，有著相當的一貫性。

如果曹雪芹寫《紅樓夢》，是將「真事隱」，那麼書中的林黛玉可能有個來自現實生活的藍本。

而高鶚的續作則全憑「文學家的想像」，他在第八十三回就讓林黛玉「驚惡夢」，然後「吐血」，然後「死亡」，我們無法揣測這種演變是否符合曹雪芹的原意，但胡適說得好：「高鶚居然忍心害理的教黛玉病死，致寶玉出家，做一個大悲劇的結束，打破中國小說的團圓迷信，這一點悲劇的眼光，不能不令人佩服。」

為什麼「做一個悲劇的大結束」就是續得好、續得妙？胡適並沒有說，但它的答案似乎就在筆者前面所說「古典浪漫愛」的基本結構裡。其實中國舊小說及民間故事裡，多的是以悲劇收場的，只是它們素來受到文評家的漠視與鄙薄而已！

生老病死雖是人生必經之路，但一個文學家和一個醫學家對疾病與死亡顯然是抱持著不一樣的態度，並會給予不同詮釋的。醫學家嘗試使人免於疾病和死亡，而文學家則試圖賦予疾病和死亡以意義。筆者不揣淺陋，從醫學的觀點出發，但卻想賦予林黛玉的疾病和死亡特殊的意義，期使世人對這位「病美人」的才情與愛情本質有更深一層的認識。基本上，我是把林黛玉當做「美病人」而非「病美人」來看待的，但分析到最後，也不禁像孔老夫子一樣嘆息：「斯人而有斯疾也！」

《三國演義》VS.《三國志》：兩個孔明的文化玄機

《三國演義》裡的孔明，真實性只有三分，虛構性反倒占了七分。這主要是想以他來彰顯漢族文化裡的兩種人物原型：一是軍師，一是高人。

在演義小說裡，當天下大亂時，一定會有主公與軍師的最佳拍檔出現。主公正心誠意，有著儒家的色彩；而軍師則神機妙算，有著道家的色彩。

孔明的軍師本質，是不必經由磨練與考驗就具備的，這種「本質先於存在」的意識型態，容易造成文化的停滯與閉塞。

謹慎是孔明人格的核心樣貌，拙於奇謀與應變力、不喜歡冒險正是一個謹慎人格者應有的行為反應模式。

「諸葛亮」已成漢文化裡的原型性人物

多年前，筆者曾在政論雜誌上，看到有人以「孔明心態」這樣的一個類比來臧否政治人物。這個類比顯然是來自《三國演義》，在《三國演義》裡，孔明「草堂春睡」，要等劉備「三顧茅廬」後，他才道出「天下三分策」，出山驅馳。所謂「孔明心態」指的大概是一個人，「擺出看破紅塵的清高姿態，需要對方執禮甚恭，三敦四請，他才勉為其難地出山，以濟困解厄」的一種心態。

除了「孔明心態」外，還有很多類比和諺語也都與孔明有關，譬如「賽諸葛」、「小諸葛」、「三個臭皮匠勝過一個諸葛亮」等；甚至連「漢賊不兩立，王業不偏安」這種政治見解，也是來自孔明。這些類比與見解的被廣泛使用，都說明了孔明不僅是個家喻戶曉的歷史人物，更是一個超越歷史的象徵人物。「孔明心態」裡的「孔明」、「賽諸葛」裡的「諸葛」，前後〈出師表〉裡的「臣亮言」，代表的其實是傳統中國文化裡的一個人物「原型」(archetype)，是此一文化圈內某些共通意向或理念的表徵。

「滾滾長江東逝水，浪花淘盡英雄」，在人世的舞台和時間的洪流裡，不知浮沉過多少英雄人物，雖然「是非成敗轉頭空」，但這些英雄人物和他們的是非成敗卻積累而成歷史。在「幾度夕陽紅」之後，後世的人只能透過歷史記載和小說戲曲去重新認識這些英雄人物。但一想去辨認，立刻就發現裡面另有文章。

為什麼會有兩個「孔明」？

在一個民族的集體潛意識中，對歷史與人物似乎有一些共同的主觀意念、某些個既定的結構。它們像文化的篩孔，特別易於過濾、涵攝符合此一心靈模式的歷史枝節和人物特徵，然後以想像力填補其不足，再造歷史與人物。這種再造往往是不自覺的，甚至可以說是來自亙古的召喚，因為唯有透過這種再造，一個民族集體潛意識中的「原型」才有顯影的機會。

一個原型性人物假借自歷史，但必然也會脫離歷史。當我們想根據歷史記載和小說戲曲去辨認孔明的形貌、思想、人格乃至心態時，就會發現事實上有「兩個孔明」存在著：一是陳壽《三國志》裡的孔明，筆者稱之為「塑造歷史的孔明」；一是羅貫中《三國演義》裡的孔明，筆者稱之為「文化塑造的孔明」。

時至今日，「塑造歷史的孔明」已日漸模糊，但「文化塑造的孔明」卻仍然鮮活地活在廣大漢民族的心目中。這不只是因為《三國演義》的流通量大於《三國志》，更是因為《三國演義》裡的孔明，較契合漢民族的心靈。

《三國演義》是《三國志》的再造，它筆下的孔明，真實性只有三分，虛構性反倒占了七分。歷來有不少人比較《三國志》和《三國演義》，爬梳出其中「兩個孔明」的異同，但卻少有人指出這種異同代表什麼意義。本文不想重蹈前人舊轍，而擬兵分二路：一路從《三國演義》來探討「文化的孔明」，及其所代表之「原型」的象徵意義，這主要是想呈現文化與歷史的糾葛，漢族心靈的曲折及特色。另一路則從《三國志》等史實來剖析「歷史的孔明」，特別是他的人格型態與政治理念。

主公與軍師的文化型構

《三國演義》裡的孔明，主要是在代表漢族文化裡的兩種人物原型：一是軍師，一是高人。「賽諸葛」是足智多謀的軍師象徵，而「孔明心態」其實也就是一種高人心態。在歷史上，軍師與高人常是二而為一的，雖然高人不一定是軍師，但軍師一定是高人。

在中國歷代的開國演義小說裡，都有軍師此一原型性人物，興周的姜子牙、創漢的張良、開唐的徐茂公、佐明的劉伯溫等，可以說都是這種原型人物的周期性再顯。當徐庶向劉備推薦孔明時說：「若得此人，無異周得呂望（注：即呂尚、姜尚、姜子牙），漢得張良也。」孔明正是這樣的一個軍師。

在演義小說裡，當天下大亂時，一定會有主公與軍師的最佳拍檔出現，而這個最佳拍檔通常有著如下的結構：主公是行王道的，他正心誠意、弔民伐罪，有著儒家的色彩；而軍師是行天道的，他神機妙算、足智多謀，有著道家的色彩。我們可以利用結構主義的觀點，由具體而抽象，列出如下的二元對比：

劉備／孔明
主公／軍師
儒家／道家
王道／天道
常／變
陽／陰

陰陽相濟的核心觀念

這個二元對比中的「劉備／孔明」可以換成「姬發／姜尚」或「朱元璋／劉伯溫」，但下面的對比關係都不會改變。

在漢族的文化理念裡，儒家是陽、是正（正位）、是常（常規的能力），而道家則是陰、是副（副位）、是變（變化、超常的能力）。雖然這是一種二元思想，但陽與陰卻不是對立，反而是互補的。在抽象的層面，道家思想是儒家思想的補償；而在實質的層面，軍師則是主公的輔佐，劉備和孔明的關係是如魚得水。這種形式的結合反映了漢族文化裡的一個核心觀念——陰陽相濟，深入人心的陰陽相濟觀，亦重現在「王天下」此一歷史偉業中。

《三國演義》裡的孔明，正符合這種文化架構裡的軍師原型，我們甚至可以說，羅貫中是聽從漢民族集體潛意識心靈的召喚，根據既有的文化理念去塑造孔明的。而歷來眾演義小說的作者諸君，也都無視於歷史事實，硬把姜尚、張良、諸葛亮、劉伯溫等編派成同路人。

孔明的呼風喚雨與神機妙算

羅貫中有意把孔明描繪成一個具有道家思想和言行舉止的軍師：

在第三十七回，劉備和關羽、張飛訪孔明不遇，但見草堂中門上書一聯云：「淡泊以明志，寧靜以致遠」，第三次往訪，「草堂春睡足」的孔明總算出來相見，「玄德見孔明身長八尺，面如冠玉，頭戴綸巾，身披鶴氅，飄飄然有神仙之概」（第三十八回）。

第四十九回的借東風故事裡，孔明向周瑜說：「亮雖不才，曾遇異人，傳授奇門遁甲天書，可以呼風喚雨。」於是周瑜派人在南屏山建一七星壇，孔明於「甲子吉辰，沐浴齋戒，身披道衣，跣足散髮，來到壇前」、「焚香於爐，注水於盂，仰天暗祝」。

在第九十五回的空城計故事裡，司馬懿兵臨西城，孔明大開城門，由軍士扮作百姓灑掃街道，他自己則「披鶴氅，戴綸巾，引二小僮攜琴一張，於城上敵樓前，憑欄而坐，焚香操琴」、「左有一童子，手捧寶劍；右有一童子，手執麈尾」，計退司馬懿的十五萬大軍。

在平劇及其他地方戲裡，孔明都是穿八卦道袍的，更是十足的道家仙長扮相。

儒家是常，道家是變，做為主公的劉備只有常規的能力，而身為軍師的孔明則必須有超常規的能力，除了足智多謀外，還要有神機妙算。在《三國演義》裡，孔明的神機妙算也多得不勝枚舉，我們甚至可以說，他的功業主要是來自這種神機妙算。第四十六回的借箭、四十九回的借東風、五十五回的錦囊妙計、八十四回的八陣圖等均屬之。

在借箭故事裡，孔明向魯肅透露：「為將而不通天文，不識地利，不知奇門，不曉陰陽，不看陣圖，不明兵勢，是庸才也。亮於三日前已算定今日有大霧，因此敢任三日之限。」這意思似乎在說，孔明的神機妙算有一部分是來自他淵博的知識。但當劉備赴東吳成親時，孔明給隨行的趙雲三個錦囊，要他在三個特定時刻拆開來看，「內有神出鬼沒之計」，自能逢凶化吉；以及在入川時，孔明事先在魚腹浦以石塊布下八陣圖，後來劉備伐吳兵敗，吳將陸遜乘勝追擊，大軍竟受阻於此一八陣圖，而化解了蜀漢的危機；這些神機妙算卻都是「超乎知識」的，他這種能力讓劉備讚賞：「先生神算，世所罕及。」也讓周瑜、司馬懿嘆息：「吾不如孔明。」

孔明最驚人的神機妙算是在劉備三顧茅廬時，他所定下的「天下三分策」，以後歷史的發展，幾乎完全照他的分析進行，絲毫不爽。這種功力絕非時下的趨勢報告所可比擬，它們代表的是一個層次完全不同的天機參透。

本質先於存在的軍師形貌

《三國演義》裡的這些精采描述，當然都是正史裡所沒有的。在正史裡，劉備雖三顧茅廬，對孔明甚為禮遇，但初始並未重用，在赤壁戰後，才「以亮為軍師中郎將」，而所謂「軍師中郎將」並不等於軍師，它的職責是「督零陵、桂陽、長沙三郡，調其賦稅，以充軍實」。要等到劉備平定益州後，才以孔明為軍師將軍，這時距離三顧茅廬已經七年。但在《三國演義》裡，劉備卻在初識孔明後沒幾個月，就將大軍交給他指揮，而有〈博望坡軍師初用兵〉、〈諸葛亮火燒新野〉等情節，以後即連戰皆捷。

這固然是在「神化」孔明，但卻也反映了漢族文化中「本質先於存在」的思維傾向。孔明雖然讀過一些兵書，但沒有過帶兵打仗的任何經驗，一親臨戰場就能用兵如神與所戰皆捷，這種能力成了他的一種本質（軍師的本質），是不必經由磨練與考驗就具備的，任何外在的考驗都只是在彰顯他這種本質的存在。從某個角度來看，廿七歲時的孔明固然已與五十四歲時的孔明一樣高明與睿智，但從另一個角度來看，卻也表示在這麼漫長的歲月中，孔明並未有他個人的成長，而他似乎也不必有什麼成長。

這種思維傾向很容易造成一個文化對成長價值的低估，結果造成文化的停滯與閉塞。

劉備三顧茅廬與文王渭水訪賢臣

當孔明被塑造成一個具有道家思想而又能參透天機的人物時，自然就給人仙風道骨、看破紅塵、瀟灑自得、從容不迫、游刃有餘的觀感。這樣的一個人物，在成為軍師之前，必然已是個高人，孔明的「草堂春睡」與姜太公的「渭水垂釣」異曲同工，都是在突顯高人淡泊而又瀟灑的人格面。我們看《封神榜》裡「文王渭水訪賢臣」一節，發現它與《三國演義》裡的「劉備三顧茅廬」，在結構上有很多類似之處。當然，這可能是來自作者間的互相抄襲，但也可能是出於一種古老儀式的迴響。主公屈尊降貴去求訪要輔佐他的軍師，而且受到一些刁難，事實上就跟另一件陰陽相濟的大事——結婚一樣，在傳統的結婚禮俗裡，新郎是陽、是正，新娘是陰、是副，「一家之長」要得到他的「賢內助」，也是要屈尊降貴地登門迎娶，並在過程中受到一些小小的刁難。這種模式似乎是來自一種幽微的心理需求。

劉備確實曾對孔明三顧茅廬，孔明在〈出師表〉裡自承：「先帝不以臣卑鄙，猥自枉屈，三顧臣於草廬之中。」但「三顧」似乎是次數多了一點，在《三國演義》裡，劉備二訪孔明未遇，第三次前往時，「齋戒三日，薰沐更衣」，到了莊門內，孔明「晝寢未醒」，劉備拱立階下一兩個時辰，孔明方醒，始整衣冠出迎。這種文學描述固然是在誇大劉備的「誠」與孔明的「高」，但也產生了本文開頭所說的「孔明心態」的問題。

猶抱琵琶半遮面的高人心態

本節先分析「文化孔明的心態」。我們說「孔明心態」是指「擺出看破紅塵的清高姿態，需要對方執禮甚恭，三敦四請，他才勉為其難地出山，以濟困解厄」的一種心態，這是文化上的定義，這種心態其實是國人非常熟悉的，還有一種與此類似的，我們可稱之為「終南山心態」，那是指唐朝名士喜歡隱居在長安附近的終南山，又不時放出風聲，以方便「求才若渴」的有司登門拜訪，然後「恭敬不如從命」地入朝為官的一種作風。此一「以退為進，忸怩作態」的行為模式，是漢族文化的獨特產物，「孔明心態」難免也有這種文化成分，但它卻比「終南山心態」要來得複雜而高明，「終南山心態」是假高人心態，而「孔明心態」則是真高人心態。

《三國演義》裡的孔明，既是一個足智多謀、能洞悉過去未來的一位高人，那麼他必然也知道輔佐劉備創建蜀漢乃是應天承命，是他宿命中的事業，因為一切的一切，都已在他的神機妙算中；而他的草堂春睡，其實只是不欲洩露天機的表面文章。羅貫中雖沒有這樣描述，但卻容易讓人產生這種聯想。一個能事先就提供錦囊妙計、擺好八陣圖的高人，怎麼會不知道劉備會對他三顧茅廬呢？

這種聯想讓人覺得孔明的隆中高臥，乃是一種「裝」出來的姿態，雖非忸怩作態，但卻是一種掩飾。而政論雜誌的以「孔明心態」來臧否政治人物，也就含有善意揶揄與責備賢者的味道。不過話說回來，「歷史的孔明」有的可能是另一種完全不同的心態。

法家的信仰者與實踐者

「歷史的孔明」與「文化的孔明」不只判然有別，簡直是南轅北轍。在正史裡，劉備既缺乏儒家色彩，孔明也少有道家思想，「歷史的孔明」是一個賞罰嚴正、循名責實的法家信徒。他曾將自己手抄的《申子》、《韓非子》、《管子》、《六韜》四書送給皇子劉禪，其中除《六韜》是兵書外，其餘都是法家的經典之作。

《三國志．蜀志》裡說，孔明初治蜀時，「益州承劉璋闇弱之後，士大夫多挾其財勢，凌侮小民，亮一切裁之以法」。法正以「用法太嚴」相諫，孔明說：「吾今威之以法，法行則知恩；限之以爵，爵加則知榮；榮恩並濟，上下有節，為治之要，於斯而著。」

在第一次北伐時，馬謖違背調度，致有街亭之失，孔明揮淚斬了視如己子的馬謖，大家以為可惜，孔明流涕道：「孫武所以能制勝於天下者，用法明也。是以楊干亂法，魏絳戮其僕。四海分裂，兵交方始，若復廢法，何用討賊耶！」

由這兩則記載，我們多少可以知道，「歷史的孔明」基本上是一個法家的信仰者與實踐者，而他的這種信仰與實踐多少又給人一種缺乏彈性的感覺，特別是在蜀中已嚴重缺少將材，他卻揮淚斬了馬謖這件事上。孔明似乎是個法的迷戀者。

更是「法統」的迷戀者

「若復廢法，何用討賊耶！」這句話裡的「法」，還有「法統」的意思。在〈出師表〉裡，他對劉禪說：「願陛下託臣以討賊興復之效」，他欲討伐的是取東漢而代之的「魏」，欲興復的是早已失去民心的「漢」。孔明和姜子牙、張良、劉伯溫等軍師最大的不同點是，前者是要打倒一個腐敗的政權，而孔明卻是想維繫一個已經名存實亡的法統。

在政權交替時，總是會有法統的問題出現。蜀漢在三國中國勢最弱，而劉備剛好是漢王的後裔，蜀漢堅持正統的名分當然有其苦衷，但「天下豈永遠是姓劉的？」這種堅持實亦含有迷戀的成分。在〈後出師表〉裡，更有「漢賊不兩立，王業不偏安」這樣的句子，它雖然可能是偽作，但卻相當傳神地表達了孔明基本的政治立場。

劉備臨死之時，託孤於孔明，說：「君才十倍曹丕，必能安國，終定大事。若嗣子可輔，輔之；如其不才，君可自取。」劉禪事實上是個昏君，而孔明一直對他忠心不二，〈出師表〉裡說：「受命以來，夙夜憂勞，恐託付不效，以傷先帝之明。」忠義之情，躍然紙上，讀來確實令人落淚。但從另一個角度來看，即使曹丕再有才德，仍是他欲討伐的「賊寇」，即使劉禪再昏庸，仍是他欲事奉的「明主」，這多少也是對法統的一種迷戀吧？

我們假設一種情況：如果當初三顧茅廬的不是劉備，而是曹操，孔明會不會「由是感激，遂許『先帝』以驅馳」呢？筆者認為「不會」，因為這不符合孔明的政治立場。

一個迷戀法的人，並不見得會迷戀法統，這裡面還牽涉到一個更基本的問題，那就是孔明的人格型態。

孔明人格的核心樣貌：謹慎

做為歷史真實人物的孔明，與做為文化原型人物的孔明，在性格上有著很大的差距。《三國演義》裡的孔明，「羽扇綸巾」，有著從容、瀟灑的人格型態；但《三國志》裡的孔明，卻「夙夜憂勞」，有著謹慎，甚至拘謹的基本特質。他在〈出師表〉裡說：「先帝知臣謹慎，故臨崩寄臣以人事也。」這固然是在反映劉備的知人之明，但也可以說是孔明的自我表白，謹慎不只是他人格的核心樣貌，而且還自認這是他的優點。

《三國志》作者陳壽對孔明的評語是：「亮才於治戎為長，奇謀為短，理民之幹，優於將略。」、「連年動兵，未能成功，蓋應變將略，非其所長歟！」這種說法跟《三國演義》裡足智多謀、用兵如神的孔明，簡直是南轅北轍。歷來也有不少人說陳壽是「以成敗論英雄」，但筆者認為陳壽的話應是可信的，因為拙於奇謀與應變力正是一個謹慎人格者應有的行為反應模式。我們很難想像一個謹慎的人會屢出奇兵與險計的。

在第一次北伐時，魏延建議率精兵五千出子午谷，奇襲長安，「則咸陽以西，一舉可定也」。孔明卻認為此非萬全之計，太過冒險，而未予採納，這正是他應有的作風。至於揮淚斬馬謖所表現出來的拘泥於法，也有幾分是他的拘謹性格所使然。

孔明身為丞相，卻事必躬親，連會計帳冊都自己查核（躬校簿書），當時楊顒就曾進諫：「為治有體，上下不可相侵。……一旦盡欲以身親其役，不復付任，勞其體力，為此碎務，形瘦神困，終無一成。……今明公為治，乃躬校簿書，流汗終日，不亦勞乎！」孔明雖感謝他的忠言規勸，但還是無法完全改變他這種習性。筆者認為，孔明之所以要事必躬親，「鞠躬盡瘁，死而後已」，並非想「大權獨攬」，而同樣是出於謹慎這個根深柢固的性格問題。

一個拘謹、戒慎的英雄

如果我們能承認，謹慎乃至拘謹，是孔明人格的核心樣貌，那麼就較能理解他的政治立場，迷戀法統可以說是此一拘謹性格的投射。

他的這種性格，也有助於我們了解「歷史的孔明」何以會讓劉備三顧茅廬？〈出師表〉說：「臣本布衣，躬耕南陽，苟全性命於亂世，不求聞達於諸侯。」孔明在南陽時與徐庶等人交往，常自比管仲、樂毅，有人因此說既然自比管樂，又為什麼說「不求聞達」呢？這顯然是在「說謊」或者「面冷心熱」。但若從他基本的人格面來考慮，一個拘謹、戒慎的人，通常也不是豪邁、主動的人，自比管仲、樂毅是他心中熾熱的理想，可惜心熱腳軟，孔明無法像豪邁不拘的李白一樣上萬言書，大剌剌地說「生平願識韓荊州」般，向他的「劉荊州」毛遂自薦。

用現在術語來說，就是孔明不會「自我推銷」，難以主動站出來，積極開拓自己的人生，而只能被動地等待劉備的慧眼來認識他這個拘謹的英雄。

這也是筆者認為，在三顧茅廬這件歷史公案裡，孔明所具有的真正心態。

文化奇想下的悲劇英雄

陳壽在《三國志》裡說：「諸葛亮之為相國也，撫百姓，示儀軌，約官職，從權利，開誠心，布公道……循名責實，虛偽不齒，終於邦域之內，咸畏而愛之，刑政雖峻無有怨者。以其用心平而勸戒明也。」

這樣的褒語來自敵國之臣的史筆，殊屬難能可貴。孔明的確是中國歷史上難得的賢明宰相，也留給後人無限的景仰與懷念，民間百姓透過《三國演義》去認識「文化的孔明」，這個孔明有著接近「神」的思想與性格，乃是三國時代的第一號英雄人物。他的無法「匡復漢室，還於舊都」，完全是礙於「天意」。在六出祈山後，司馬懿受困於上方谷，孔明夜觀天象，悲憤地發現自己的「將星欲墜，陽壽將終」，而以祈禳之法，「謹書尺素，上告穹蒼，伏望天慈，俯垂鑒聽」，增加他一紀之壽，則他必能「克復故物，永延漢祀」、「非敢妄祈，實由情切」。但最後魏延踢倒了延命燈，孔明不得不「棄劍而嘆」，吐血而死。

讀者讀到此處，不掩卷太息者幾希！雖然大家明知這個「文化的孔明」乖離歷史，是虛幻的，但大家還是喜歡這樣的一個孔明和他的英雄悲劇。這種英雄悲劇固然彰顯了孔明「鞠躬盡瘁，死而後已」的高風亮節，但其實也反映了一個文化執拗地放縱它的奇想時，尷尬收場的困境：像孔明這樣一個不世出的能人異士，怎麼無法匡復漢室呢？答案只有一個：荒謬的「天意」。但這也是一個荒謬的答案。這個荒謬的答案，在不知不覺間影響了後人對政治和政治人物的看法。

時代在變，觀念也在變，我們只有縮小「歷史孔明」與「文化孔明」的差距，才能給孔明一個較現代與真實的評價。從以上的分析，筆者認為，孔明的確是一位傑出的丞相，也是亂世裡的一號英雄人物。但內在的心性與外在的環境，卻決定了他的格局和命運：拘謹的人格特質使他成為一個夙夜憂勞的體制內改革者、右派的保守主義者；而不利於蜀漢的大環境，則使他的英雄悲劇更帶有濃厚的「知其不可而為之」的色彩。

蛇之魅惑與心之徬徨：《白蛇傳》的多重含義

女蛇精的故事在中國歷經千餘年的演變，從「文競人擇，適者生存」的文學進化論來看，最符合漢民族心靈生態的《義妖傳》成了最受歡迎的文本。

許仙跟多數中國傳統戲曲裡的男主角一樣，是個優柔寡斷、難以獨當一面的男子，它反映的是中國特殊的柔弱的男性假面。

被美化的白素貞幾乎成了多數中國男人心目中的理想女性，因為她同時滿足了男人的生物性內我、社會性內我與原型性內我這三方面的需求。

白素貞水淹金山寺，然後被法海永鎮雷峰塔，在象徵解碼後，成了女人用她的女性力量進行抗爭，但卻被男人以男性力量加以鎮服的性別對抗故事。

彷彿走過千年的心理長夜

多年前的一個夏夜，筆者到台北華西街這條充滿獸之喧譁的街道，看人殺蛇。一條吐信巨蟒盤繞在槎枒的枯樹上，雖然它只是陳列在某毒蛇研究所市招下的標本，但在華異俗色的燈光下，仍令人懼慎側目。一個赤裸上身而顯現青龍紋胸的壯碩男子，從鐵籠裡勾出一條不知名的毒蛇，繩繫於屋簷下。那灰黑的斑紋與死白的腹鱗在空中旋滾，圍觀者的臉上竟都不期而然地露出古老的驚肅之情。

我心裡突然浮現出兒時在戲裡見過的許仙的形貌。

壯碩男子已擺出便欲殺蛇的態勢。我放縱奇想，期待一個斯文男子能夠像穿越時光隧道般，現身於此一欲望街市，讓這條蛇倖免於難，將牠放回都市盡處的榛莽中……。

叼著菸、插著腰在華西街圍觀殺蛇的人，只要經過一個晚上，就可以西裝革履地走進國家歌劇院聆賞《白蛇新傳》；但在感覺上，卻彷彿走過了千年的心理長夜。它的轉折，一如白素貞經過千餘年修煉始化為人形。白蛇故事歷經數朝演變而終成今日模樣，分別代表了心靈、形體與藝術的進化。

《白蛇傳》是個膾炙人口的民間故事，過去議論者眾，本文嘗試另闢蹊徑，引進國人較陌生的社會生物學、進化論、分析心理學及人類學，從心靈進化的觀點，以分析文學作品的方式，來呈現人類特別是漢民族的深層心理樣貌。如果說在歌劇院輕歌曼舞中所搬演的人蛇之戀是臻於完美的藝術結晶，那麼在華西街俗色燈光下諸蛇的魅惑則恰似此一心靈與文學進化過程中所殘留的蛋殼與蛻皮。它們的雜然並存，提供了我們探索漢民族乃至全人類心靈進化的豐富素材。

集體潛意識裡的蛇族

蛇是一種令人畏懼、嫌惡的爬蟲類，這種嫌懼感似乎埋藏於腦海深處的記憶亂叢中；就像世界各地的酒癮患者，因腦部受激即會一再出現蛇或似蛇的不安幻影般，它超越時空，執拗地盤繞在人類心靈的某個陰暗角落。

社會生物學家發現，人類的近親猿猴對蛇也有同樣的嫌懼反應。野生的猿猴看到蛇時，會產生瞪視、退縮、臉孔扭曲、豎耳、露齒、低鳴等典型的懼怖與防衛反應。而在實驗室裡由人類撫養長大的猿猴，生平第一次看到蛇時，也會有同樣的反應；但對其他非蜿蜒而行的小爬蟲類，則無此反應。這表示，靈長類動物（包括猿猴及人類）對蛇的懼怕與防衛反應，用生物學術語來說，是一種本能；用哲學術語來說，是先驗的；用分析心理學術語來說，則是集體潛意識某種內涵的浮現，也就是分析心理學之父榮格（C. G. Jung）後來所說的「客觀心靈」（objective psyche），它是客觀存在的。

在世界各民族的神話中，有很多都和蛇有關；這些蛇所代表的象徵意義，恐非正統精神分析學家主張的是來自個人潛意識的性象徵。社會生物學之父威爾森（E. O. Wilson）指出，人類心靈的創造象徵與孳生幻想，經常是來自遺傳基因所謄錄在大腦皮質紋路裡的密碼，其中有一個密碼也許記載了人類祖先和蛇的特殊因緣；在蠻荒、穴居的久遠年代裡，蛇一直是造成人類受傷與死亡的恐怖敵人，是一個揮之不去的魔影。而與蛇相關的神話故事，是初民調整他們與此恐怖敵人的一種嘗試。就這點而言，涉及種族記憶的分析心理學是比佛洛伊德的精神分析略勝一籌的。

在太古時代，中國一些先民都曾經以蛇為圖騰，傳說中的女媧、伏羲等先祖都是人首蛇身，這跟台灣南部排灣族以蛇為其祖先的神話，似乎來自同樣的心理機轉：「畏懼某物的心理導致了宗教式崇拜的思想。」在先民的野性思考裡，要擺脫蛇的威脅，最好的方法是敬畏它、奉祀它，甚至認同於它，將它視為祖先、奉為圖騰，讓威脅者搖身一變而成為保護者。雖然真正的威脅依然存在，但心中的懼怖感卻可以因此而稍獲舒解。

中國文化更將蛇進一步轉化成龍，這種由「最懼嫌的爬蟲」變成「最尊貴的靈獸」的形貌改變歷程，其細節雖然難以查考，但卻反映了漢民族獨特的心靈進化旅程。

白蛇故事的形變與質變

在淵遠流長的女蛇精故事裡，我們也看到了類似的轉變與蛻化。筆者據趙景深《白蛇傳考證》一文，認為可以將中國的女蛇精故事依先後順序分為下列三期：

一、原貌期：以《太平廣記》裡的〈李黃〉及《清平山堂話本》裡的〈西湖三塔記〉為代表，它們說的是女蛇精魅人、害人、殺人的恐怖故事，是人類對蛇懼嫌反應的赤裸呈現。〈李黃〉裡的蛇精化為「白衣姝」迷惑李黃，李黃歸家後，「被底身漸消盡……（妻）揭被而視，空注水而已，唯有頭存」。〈西湖三塔記〉裡的白蛇亦化為白衣娘子，一再以美色迷人，新人換舊人，舊人被「一個銀盆，一把尖刀，霎時間把刀破開肚皮，取出心肝」。這類故事都很直白地呈現女蛇精的殘忍與人類的懼怖。

二、蛻變期：以明朝《警世通言》裡的〈白娘子永鎮雷峰塔〉為代表，它亦是日後白蛇諸傳的最初形式。白娘子雖已不像前述那樣恐怖，但仍叫人捏一把汗，她多次現出原形，而且恐嚇許仙：「若聽我言語，喜喜歡歡，萬事皆休。若生外心，教你滿城淪為血水。」而許仙對白蛇亦很快地由初始的愛情轉為嫌懼，幸賴法海賜缽收妖，將她永鎮於雷峰塔下。但這個故事與前相較，仍有如下的重大轉變：女蛇精對人的實質威脅已經緩和轉為口頭的心理威脅，不過仍殘留有過去故事裡的蛋殼與蛻皮。而人類對女蛇精的態度，不管是許仙或法海，依然都是拒斥的。

三、情化期：以《看山閣雷峰塔》、《白蛇精記雷峰塔》、《義妖傳》等為代表。在這些故事裡，白蛇愈來愈成為具有人性至情、令人同情憐愛的世間女子。在《看山閣雷峰塔》裡，因見許仙而春心蕩漾，化為寡婦來引誘他的蛇精，已美化成為了報恩而來完成夙緣的大家閨秀；並且增加了「盜草」與「水鬥」等彰顯白素貞情義的情節。到了《白蛇精記雷峰塔》更是峰迴路轉，許仙回心轉意，白素貞生子，法海慈悲為懷，許夢蛟（白子）中了狀元回鄉祭塔，母子團圓，白素貞和許仙飛升成仙。而《義妖傳》則把白素貞寫得更好，「一切罪過都為她脫卸了」，她對許仙更是「愛惜看護備至」，世間女子簡直無人及得上她。

趙景深說：「一個可怕的妖怪吃人的故事，剜心肝，全身化為血水，滿城化為血水，竟能逐漸轉變成一篇美麗的『報恩的獸』系的神仙故事，真是誰也料不到的。」有人認為，白蛇故事因為民間的同情弱者，渴望美滿結局，經文人一再地狗尾續貂，而使它落入了「非狀元不團圓」的戲場窠臼，缺乏希臘悲劇的張力與美感。筆者倒是覺得，在文學上恐怖的女蛇精轉變成惹人憐愛的白素貞之人性化過程，與宗教上將令人嫌懼的蛇圖騰變成龍圖騰的神聖化過程，是相互呼應的，它們都來自同樣的民族靈思。

但這種轉變不是「美化」這兩個字就可以含糊概括的，想要對它有更深刻的理解，我們需要不同的角度去觀照。

從生物進化論到文學進化論

地球上的生物不斷在進化，生物進化論的八字真言是「物競天擇，適者生存」。其中的「天」指的是自然，「適者」指的是最能適應環境的物種。其實，不只生物會進化，人類製造的各種文明產品也是不斷在改變、演進的，它們大致依循著「物競人擇，適者生存」這樣的法則，其中的「人」指的是人們（消費者），而「適者」指的是最能滿足消費者需求的產品。譬如百貨公司裡常見的玩具熊布偶，單就造型來看，商人製造過各種不同造型的熊布偶在市場上競爭，供消費者選擇，但一兩百年下來，我們可以發現，熊布偶的頭愈來愈大，或者說頭跟身體的比例愈來愈接近，在消費者的汰擇下，已成為勝出的主流造型。

如果問消費者「為什麼」喜歡這種造型的熊布偶，多數消費者也許會直覺地說「因為它看起來可愛」。但進化論者必須進一步回答「為什麼」它會讓人覺得可愛？答案是因為那樣的造型（頭大身體小）讓人在下意識裡聯想到「嬰兒」，忍不住想拿過來抱抱（日本卡通裡廣受歡迎的貓型機器人哆啦A夢就是這樣的造型）。換句話說，它滿足了多數消費者的心理需求，所以成了受歡迎的主流產品。

上述女蛇精故事的演變，也可以說是一種文學進化。文化進化論的八字真言同樣是「文競人擇，適者生存」。其中的「文」指的是不同的文本，「人」指的是讀者，「適者」指的是最能滿足讀者心靈需求或呼應讀者心靈生態的文本。當我們從這個角度來看中國女蛇精故事的演變，會發現時至今日，美化白素貞的《義妖傳》等版本已成了主流的文本，不只是因為它們最晚出現，其中更有讀者心靈生態這個重要因素。

特殊時空下的心靈生態

因為白蛇故事的讀者絕大多數都是漢人，所以我們必須考慮漢人做為一個群體的心靈生態。心靈生態又可細分為普遍性與特殊性兩大類：就普遍性心靈生態來說，前面已提過，長期以來，漢人心靈都具有美化、包容的傾向，所以令人嫌懼的女蛇精會被包容、美化成讓人憐愛的白素貞，就像魏晉干寶《搜神記》裡恐怖的狐狸精，到了清朝蒲松齡的《聊齋誌異》成了迷人的狐仙一樣，似乎是「理所當然」，沒有什麼好奇怪的。

但就特殊性心靈生態來說，那些美化白素貞的版本大都出現在清朝的乾隆、嘉慶年間，如果拿這個時期的漢人來跟明朝中後期（也就是《警世通言》流行的時期）的漢人做比較，他們的集體心靈生態有什麼不同呢？我想最大的差異就是對滿人這個族類的看法：在明朝後期，甚至到清朝初年，滿人原是令人嫌惡、懼怕的「異族」，但到了清朝的乾隆、嘉慶年間，多數漢人不僅包容了滿人，而且還認同、讚美他們所建立的政權。而就在這個時候，在明朝時還受到嫌惡的「異類」白素貞，卻搖身一變成為惹人憐愛的好女子，它跟多數漢人對滿人這個「異族」看法的轉變，在心靈上有一種「相互呼應」的關係。新版本讓很多讀者和戲曲觀眾看了覺得「改得好」，因為他們集體潛意識裡的某個隱密心思「被觸動」了，所以就一躍而成為白蛇故事的主流文本。

其實白蛇故事的演變，在《義妖傳》等之後還一直有新的版本出現，譬如上個世紀末香港李碧華所改寫的《青蛇》（還被拍成電影），小說改用小青的角度來看整個故事（也就是小青成了主角，白素貞、許仙、法海等則成為配角），而且還加入了同性戀的戲碼（法海對許仙有同性戀的情感）。我們可以說，李碧華做這種改寫是在反映「時代精神」：一是解構主義的興起，也就是「中心與周邊的對調」，所以原本是周邊角色的小青變成了主角；一是對同性戀的重新認識與定位（李安的電影《斷臂山》也有這種意味）。因為我們活在這個世代，所以較能理解新版本與「時代精神」的關係。但這樣的新版本能否取代舊版本，成為更受歡迎的主流文本呢？從文學進化論的觀點來看，那就要問它是否能滿足多數讀者的心理需求？如果不能，那麼它也很快就會被排擠到周邊，而終至被淘汰掉。

許仙——柔弱的男性假面

接下來，我們換個角度，改以榮格的分析心理學來剖析許仙、白素貞和法海這三個要角間的關係，及其關係的演變（以下分析根據的是《白蛇精記雷峰塔》，若提及其他版本，則再加以注明）。

故事開端，生藥店學徒許仙，於清明佳節在西湖遇上了白素貞主僕，終至同船借傘，而展開了日後的一段姻緣。此一遇合是以佛家的「夙緣」與「報恩」架構來呈現的，但從分析心理學的角度來看，我們可以說這是一個世俗男子的「假面」（persona）與其潛意識中「內我」（anima）的遭逢。它發生在許仙成年後初次去祭掃父母墳墓的返家途中，因父母早逝而由姊姊撫養長大的他，在父母墳前跪下哭拜，塵封在心靈深處的童年往事一一翻湧而出，潛意識的內涵亦受到激盪，而終於在西湖這個象徵母親子宮的湖畔，遇到了他潛意識中的「內我」，也就是白素貞。

榮格認為，人類的心靈含有雌雄兩性，「假面」是我們在現實生活裡的性別角色與社會性人格，而「內我」則是潛意識裡的異性心象。男人的「內我」指的就是他內在的女性化靈魂，此一異性心象在現實生活裡隱而不顯，但卻經常浮現於夜夢中，或外射於文學作品中。

我們先來看許仙的社會性人格，也就是他的「假面」：在故事裡，許仙雖然長得一表人才，卻是個懦弱無能、依賴他人、優柔寡斷、消極畏事的男子。綜觀他的一生，都是在別人的照顧、安排及保護下生活的：他先後因白素貞盜銀、盜寶而被判刑，分別發配蘇州及鎮江充役，兩次皆因親朋長輩的修書、請托及賄賂而不必受苦。即使後來經法海搭救，在白素貞水淹金山寺後，法海勸他回鄉時也為他做了安排：「我有個師弟，在杭州靈隱寺做個主持，我今修書一封，付你帶去，你可在他寺中棲身，享清閒之福，免受紅塵災厄。」

優柔寡斷，難以當家

許仙和白素貞的分合則是他優柔寡斷人格的另一生動寫照：他愛戀白素貞，但當她破壞了他受保護的生活，心中就浮現「妖怪」的念頭；每次重逢，總是「又驚又怒」，而對她破口大罵：「無端妖怪，何故苦苦相纏？」但一經白氏「淚流滿面」的辯白，他的信念就開始動搖，於是「妖怪」又變成了「愛妻」：「賢妻，愚夫一時愚昧，誤聽禿驢之言，錯疑賢妻，望賢妻恕罪。」

許仙也是一個難以當家的男子：當他和白素貞在蘇州經吳員外安排而成親後，可說是朝朝寒食，夜夜元宵，不知天上人間，虧得吳員外「代他打算」，給他銀子開家保安堂藥店，讓他自己「尋些生理」。但店開了一月光景，卻全無生意，他只能心焦地問白氏：「便如何是好？」於是遂有白氏命小青在池井布毒，然後以救瘟丹治病的情事。等到出了名，招致群醫嫉妒，推他為祭祖師頭頭要他出醜時，面對此一挑釁，許仙也只能退回房中對白素貞「長吁短歎」，於是遂又有盜梁王府古玩到廟裡陳列的情事。即至法海奉佛旨收妖後，他又不負責任地丟下白氏與他所生的嬰兒，「全仗姊姊姊夫撫養」，因為他「看破世情」，要「削髮為僧」去也！

諸般情節，都在顯示許仙跟多數中國傳統戲曲裡的男主角一樣，是個無能而柔弱的男性「假面」，如果沒有一個堅強的女人扶持，就很難生存。這樣的造型滿足了多數女性觀眾和讀者的心理需求，因為以前觀賞這些戲曲的多是富貴人家的女眷。

白素貞——許仙的生物性與社會性內我

白素貞是修煉一千八百餘年的母蛇精，她從陰暗的清風洞深處穿越時空，來到亮麗的人間天堂蘇杭一帶，就如同從心靈深處的潛意識底部浮升到意識層面，她的變形與魔法有著如夢般的性質，將白素貞視為是來自潛意識的一個象徵人物，應該是合理的。

一個男人潛意識中的異性心象「內我」，還可以再分為原型性、生物性與社會性三部分。白素貞做為許仙的內我，也同時具有這三種角色功能，茲分述如下：

先談「生物性內我」。許仙在西湖畔一見白素貞的美豔姿容，不覺「魂魄飛蕩」、「似向火獅子一般，軟作一團」。後來雖三番兩次因白氏而受苦受難，最後總是難捨對白氏的迷戀而愈加恩愛。男人潛意識中的「生物性內我」是一個能勾起他最深邃的情欲本能，身不由己地想要與之結合的女性形象。白素貞之於許仙，就是這樣的一個女性。

在此一情欲的誘引下，許仙先後脫離了他的保護者，與白素貞過獨立自主的生活，雖然最後又都被拆散，但在這些斷斷續續的共同生活中，白素貞一直成功地扮演了許仙「社會性內我」的角色，對他柔弱的社會假面提供了相當的補償作用。相對於許仙的懦弱無能、依賴猶豫與消極畏事，白素貞可以說是個法力高強、慎謀能斷、積極進取、不向命運低頭的女強人。她主動向許仙求婚配，並代為提供婚禮之資（盜自錢塘庫銀）；費盡心思開拓保安堂藥鋪的生意；結交權貴，安排丈夫替知府夫人治病，培養名聲；在茅山道士提供給許仙的靈符失驗後，她帶著丈夫去討回銀兩，壞他道場；即使後來法海出面收妖，她明知自己是螳臂擋車，仍不向命運低頭，水淹金山寺，意欲挽回丈夫。

從傳統的觀點來看，白素貞的行徑是相當男性化的，許仙的表現反而是女性化的；一個柔弱的男人，他潛意識裡的「社會性內我」往往就是一個能夠彌補其社會性功能之不足，進而保護他的堅強女性。

神祕而又恐怖的原型性內我

至於白素貞所代表的「原型性內我」，也就是她最原始而深邃的面貌，在「端午醉酒」一節裡有極生動的描述：白素貞不忍弗拒丈夫好意，飲了雄黃酒後，不支倒在床上，現出原形；許仙觀看龍舟回來，「掀開羅帳，不看白氏猶可，看時只見床上一條巨蟒，頭如斗，眼如鈴，口張血盆，舌吐腥氣，驚得神魂飄蕩，大叫一聲，跌倒在地上」。這一幕可以說是許仙與其「原型性內我」的乍然相逢，用腦神經學家麥克林（P. D. Maclean）的話來說，好像一個人的「哺乳類腦」突然被掀起，而露出裡層「爬蟲類腦」中的恐怖內涵（注：麥克林認為腦的進化是一層層覆蓋上去的，最裡層是「爬蟲類腦」，然後是「古哺乳類腦」及「新哺乳類腦」）。

榮格認為，男人的「原型性內我」乃是來自種族記憶，她是大地之母、無極老母、殘酷女神、復仇女神等原始女性意象的綜合體，她掌握生命的奧祕，擁有詭異的魔力與陰森的本質，溫柔而殘酷，可愛而恐怖，既是男人獲得撫慰的慈母與愛妻，同時亦是讓他受到折磨的奪命魔女。從這個角度來看，在後來版本裡的白素貞不僅被美化，而且幾乎成了多數中國男人心目中的「理想女性」，因為她同時滿足了男人的生物性內我、社會性內我與原型性內我這三方面的需求。

法海——無情的道德假面

如果許仙代表的是男性世俗的、柔弱的「假面」，那麼法海則代表了男性超凡的、堅強的「假面」。法海雖然寄居紅塵，但知曉過去未來，法力無邊，是神界在人間執行律法的差使。法海是正，白素貞是邪；法海是佛，白素貞是妖；法海是陽，白素貞是陰；除了這三種對比外，我們似乎還可以加上來自分析心理學的另一個對比：法海是道德的「假面」，而白素貞則是邪惡的「暗影」（shadow）。

依法海道德「假面」的標準來檢驗「暗影」白素貞的行徑，則她不僅是孽畜般的蛇妖，而且還是一個騙、偷、詐、賴無所不做的惡人。白素貞騙許仙說「先父白英，官拜總制；先母王氏，誥命夫人」。偷錢塘府的庫銀、盜梁王府的古玩珍寶；在端午現出原形後，以白綾變蛇斬成數段的詐術，讓許仙回心轉意；每次事發官兵來緝捕，她就耍賴逃走；更可議的是為了保安堂的生意，而在河井中布毒；為了討回丈夫，而水淹金山寺，殘害無數生靈。雖然這一切都是出於對許仙的情愛，但仍是非法的、邪惡的。

所謂「暗影」指的是一個人潛意識裡的陰暗面，不被社會所容許的嚮往。榮格說：「暗影乃是人類仍拖在後面的那個無形的「爬蟲尾巴」，這個「爬蟲尾巴」透過母蛇精白素貞（也包括小蛇精小青）而具象化了，編故事的人既然創造了這樣一個「妖怪」，就把心中的一些邪惡嚮往外射到她身上，而看書的讀者或看戲的觀眾再加以涵攝，以獲得替代性的滿足，原也無可厚非。在接近尾聲時，再安排法海這個道德假面出來收拾殘局，亦屬理所當然。但法海這個假面本身卻充滿了道德上的疑點，我們從下面兩事即可見其端倪：

白素貞在法海「留我情郎，收我寶貝」後，圖施報復，騙來四海龍王，興雲布雨，「銀濤湧浪，淹上金山寺」。她本欲「溺死這滿寺的禿驢，以消此恨」，想不到法海早料知她有此一著，而付與眾僧靈符，「看見水到，念動真言，將袈裟抖開，眾僧將靈符向水丟下，只見水勢倒退，銀浪滾下山去，可憐鎮江城內不分富貴貧賤，家家受難，戶戶遭殃，溺死許多人」。白氏不知會導致此悲慘結局，看了大驚，覺得自己「犯了個彌天大罪」，逃回清風洞中去。而「慈悲為懷」的法海，不和他的僧徒「自入地獄」，反而對洪水倒灌入鎮江城溺死無數生靈的慘事，只以一句「總是天數使然」輕描淡寫地帶過。

即使後來許仙下山，在斷橋與白素貞相會敘情，回到錢塘老家，生了兒子，安居樂業，與世無爭，法海仍跋涉而至，讓不知情的許仙持缽將白素貞罩住，鎮於雷峰塔下。事實上，法海只是無情而僵硬地執行天上神明所交付的意旨而已，在執行此一懲惡伏妖的任務中，法海的「水退金山」與「拆散美滿家庭」，其實比白素貞這個暗影所犯的罪孽更為深重。

包容與情化的心靈黑洞

在《白娘子永鎮雷峰塔》與《看山閣雷峰塔》的故事裡，許仙嫌懼白素貞此一原型性內我，法海則拒斥女蛇精這個邪惡暗影。一個世俗男子的柔弱假面和一個出家人堅強的道德假面聯手，毫不留情地將白素貞推入萬劫不復的悲慘境地：「西湖水乾，江潮不起，雷峰塔倒，白蛇復出。」但廣大的民間百姓似乎對這種安排感到不滿，於是有《雷峰塔傳奇》、《白蛇精記雷峰塔》、《義妖傳》等的問世。在讀者及觀眾品味的汰擇下，就如同前述的玩具熊進化論，後來的版本贏得了更多的人心。這些版本所透露的訊息是：許仙的柔弱假面在後來接納了他的原型性內我，而法海的道德假面也給予白素貞的邪惡暗影一條生路。

在所謂續貂的狗尾裡，水淹金山後，許仙和白素貞在斷橋相會，白氏自剖：「縱然妾果是妖，並未害你身體分毫，官人請自三思。」即至法海來訪，許仙亦自承：「老師，縱使她果是妖怪，並未毒害弟子，想她十分賢德，弟子是以不忍棄她，望老師見諒。」等到缽盂罩住白素貞時，許仙更是抱住她不放，「肝腸斷裂，不住悲哭」。連許仙的姊姊也跟著淒然說：「妾身夫妻肉眼，不識仙容。」

當然，前面已說過對白素貞（異類）的美化，有呼應當時漢人對滿清（異族）認同與歌頌之心靈生態的特殊含義，但更普遍的包容、接納與大團圓的心理需求，則不僅讓許仙完全接納了他的三個內我，法海的道德假面也變得更富有彈性，在水退金山後，他明知許仙和白素貞依舊相認，亦只是不勝嗟歎，並未「除惡務盡」，直至西方尊者來催他起程，他才不得不去執行上天的意旨。在收了白蛇精後，他還對哭泣的許仙發牢騷：「老僧不過奉佛旨而行。」而且還對白素貞留下一段話：「從今若能養性修心，等待你子成名之日，得了誥封，回來祭塔，那時吾自來度你升天。」

二十年後，許仙、白素貞與法海在雷峰塔下重見，但多了一個狀元許夢蛟，這是一個極具象徵意義的場面。許夢蛟是許仙這個假面與白素貞這個內我的結晶，而狀元則是中國人心目中理想的人物。用心理分析學的術語來說，這個結局的心理含義是：假面必須接納它的內我，同時包容它的暗影，始能成就理想的人格。

這也許亦是中國人集體潛意識裡的「民族大夢」吧？在無盡的包容與情化中，就像馬如飛在

《開篇白蛇傳》所說：「三教團圓恨始消。」但融合儒釋道三教，融合假面、內我、暗影，甚至融合一切的，並非知識分子，而是中國民間像海洋一樣浩瀚與深邃的心靈黑洞。

父系與母系對抗的歷史殘跡

白素貞的「水淹金山寺」與法海將她「永鎮雷峰塔」，還有另外一層的象徵意義。為什麼不說「火燒金山寺」與「永沉西湖底」呢？因為在中國的符碼系統裡，「水」是女性本質的象徵（賈寶玉說「女人是水做的」）；而高高豎立的「塔」，則是精神分析所說的男性象徵。白素貞「水淹金山寺」，然後被法海「永鎮雷峰塔」的象徵含義是：一個女人用她女性的本質或力量從事抗爭，但卻被一個男人以男性的力量加以鎮服的性別對抗故事。白素貞的背後有觀世音協助，而法海的背後則有佛祖與北極真武大帝撐腰，因此它也可以說是一場女性與男性的對抗，或者說是母系原則與父系原則亙古衝突的歷史殘跡。

人類學家告訴我們，人類原是先有母系社會，然後才被父系社會所取代。母系社會看重的是「人間情愛」，而父系社會著重的則是「社會秩序」。白素貞為了救回心愛的丈夫，也就是為了「人間情愛」而去「水淹金山寺」；法海則是為了維護人妖不共處的「社會秩序」而將白素貞「永鎮雷峰塔」。經過這樣的象徵解碼，原本是一個妖怪的故事就成了性別對抗的故事。但對抗的結局則是在故事一開頭，真武大帝要白素貞立誓時就安排好的，也就是天上與人間男尊女卑社會架構的體現。母系原則的護法觀世音會兩次差她的使者搭救白素貞，一次是她為了救夫命而盜取仙草時，一次是法海祭起禪杖，欲奪她和懷中胎兒性命時。這似乎表示，觀世音只有在父系原則傷及「人間情愛」時，才會消極地伸出援手，但已無權或沒有能力過問父系原則對「社會秩序」的安排。

白素貞不向命運低頭，水淹金山寺，代表母系原則對父系原則的反撲，但很快就又被父系原則所鎮服。後來的作者和讀者、觀眾，雖給予白素貞最大的同情餘地，但似乎同時又默認了「母系反撲、父系勝利」這樣的結構，也許它也是在反映過去人們非常熟悉的一種心靈生態吧！

期待不斷有人能開創新局

一個原本簡單的故事，在千年傳誦中，基於特殊時空背景下的心理需求，而不斷被添枝加葉，使得故事的內容愈來愈豐富，所具有的寓意也愈來愈繁複，絕不是一個簡單的觀點、一種特殊的理論就能全面涵蓋、盡攬其妙，《白蛇傳》就是這樣的一個故事。

筆者嘗試從幾個完全不同的角度切入，來呈現白蛇故事所可能具有的多重含義；當然，它必然還存在著更多、更有趣的可能含義，筆者撰寫本文只是拋磚引玉，希望有更多人提出不一樣的觀點，更期待有創意的作者能另闢蹊徑，為白蛇故事開創新局，讓我們與後世讀者產生新的感動！

《周成過台灣》：黑水溝悲情的解讀

將男人的負心說成是來自雄性激素的騷動、DNA的欲求，絕非想替男人脫罪，而是想更逼近人做為一種生物的悲劇性根源。

說《蝴蝶夫人》施虐於女性的結構是悲劇，而《周成過台灣》等女性反撲的結構是畫蛇添足，乃是西方文學中心主義者的論調。

從《王魁負桂英》到《焚香記》，男人負心的故事變成男人被誤解的故事，這種改動幽微反映了不同社會階級的不同心態。

台灣的多情女子負心漢故事是中國同類故事的逆轉：男主角不是上京趕考而是渡海來台，他別娶的也不是宰相女兒，而是青樓女子。

站在周邊的立場說話

在台灣的民間傳奇裡，有一些男女悲情故事，譬如《周成過台灣》、《林投姊》、《阿柳》等。在過去，這些故事可說是家喻戶曉，但隨著時代的變遷，它們不僅從老一輩的記憶中逐漸隱退，似乎也難以再引起新生代的興趣與認同。

筆者花了兩個下午到光華商場舊書攤，搜尋《台灣四大奇案》這本載有周成和林投姊故事的舊書，它已杳如黃鶴，而只能從中央圖書館台北分館借到的一本《台灣民間傳奇》（泰華堂出版社，一九七五年版）裡找到改寫過的故事。

在燈下，翻閱發黃的書頁，彷彿又回復到二十多年前在台中舊屋木床捧讀《台灣四大奇案》的我，這些以台灣早期移民為題材的悲情故事，像黑水溝的潮汐，去而復返，拍擊著我的心靈之岸。二十多年前，我的心靈一如柔軟的沙灘，只能啜飲這些故事表層的泡沫，它們也近乎無聲無息地帶走了我少年青稚的腳印；二十多年後的今天，走過江湖夜雨，昔日對這些故事的單純理解已像無心的白雲，幻成蒼狗；如今我只能決然地以心靈中冷硬的岩壁，迎向那些最接近自己的民間傳奇。在一陣衝撞後，它們終於解體，翻碎成片片激濺的浪花。水深波瀾闊，暗夜裡，我彷彿聽到一股古老的、不安奔湧著的潮騷，以及另一種微弱、但卻不同的生命鼓聲。

以中原為中心的話，台灣是它的周邊；以《水滸傳》、《紅樓夢》為古典小說中心的話，這些台灣民間傳奇是它的周邊；以「新批評」為文學評論中心的話，生物學和心理學是它的周邊；以學院派學者為中心的話，筆者自亦是它的周邊。但中心與周邊常是相對的，本文乃嘗試以周邊的立場來解讀《周成過台灣》等民間傳奇中的悲情。

《周成過台灣》的故事梗要

在解讀這些悲情故事之前，筆者擬先大致交代一下它們的情節：

《周成過台灣》大意是說，泉州人氏周成因三餐不得溫飽，向人借貸盤纏，告別父母及懷孕的妻子月里，渡海來台，在艋舺和同鄉周元做雜貨生意。不久，即因迷戀蓬萊仙館的郭麵仔，終至床頭金盡，悔恨交加，準備投海自盡。在海邊，他巧遇亦來尋死的王根，兩人同病相憐，在一番傾訴後，重燃生機。於是在王根父親的支持下，兩人東山再起，到台北開設茶行。生意興隆，日進斗金之後，周成又和麵仔重拾舊歡，並將她迎娶進門，已將海峽對岸的父母及妻子忘得一乾二淨了。

在泉州的父母及妻子，自周成離鄉後全無他的音訊，生活更加艱苦。一日周元返鄉，帶來周成炙手可熱，但已別娶娼妓的消息，病重的老父遂含恨而終，老母亦自縊而死，月里則在鄉人義助下，帶著孩子渡海尋夫。

她一路行乞，總算來到周成的茶行，但周成已不認糟糠之妻，幸虧王根仗義收留，郭麵仔卻以一碗毒湯毒死月里，並要周成與她聯手滅屍。中秋前夕，月里的陰魂突然附在周成身上，他發瘋似的以魚刀刺死麵仔及惡僕戇頭，留下一封遺書給王根，即自殺身亡。王根念舊撫孤，周成和月里的兒子周大石遂在台灣落地生根，成為富商。

《林投姉》與《阿柳》的情節

《林投姉》則是說在赤崁城西南，寡婦李招娘靠亡夫遺產撫養三名幼子，她和丈夫生前好友周亞思日久生情，在亞思立誓「若把你遺棄，願受天罰」後，她把身體和財產都交給了他。周亞思以此錢財搜購樟腦運到香港，獲利即回汕頭老家，別娶新妻。李招娘痴痴等待，全無音訊，生活陷入絕境，在兩個孩子相繼凍餓而死後，走投無路的她終於在雨夜裡扼死幼子，自己上吊於林投樹。

此後，附近常有女鬼出沒，以冥幣買肉粽，作祟於路人；鄉人遂募錢蓋廟，供奉香火，尊她為「林投姊」。一日，有個來自汕頭的算命先生入廟避雨，李招娘的冤魂現身相求。算命先生為她刻個神主牌，放在雨傘裡，讓她的冤魂隨他渡過黑水溝，來到汕頭。於周亞思次子彌月之日，李招娘冤魂在周亞思家裡現身，亞思大驚失色，精神失常，喃喃自責，拿起菜刀斃死自己的妻子和兩名幼子，然後自殺。

《阿柳》的大意是說，嘉義小桃紅妓院的名妓寶鳳，某個冬夜陪客回來，見因饑寒交迫而倒在門口的阿柳，詢問之下，知是泉州同鄉，即義助他，供其飯食，並介紹他在妓院裡打雜幫工。一年後，寶鳳感激阿柳的體貼知趣，終於以身相許，並拿出私蓄贖身，和阿柳結成正式夫妻。婚後，兩人開了家茶行，生活富裕，不到兩年，當寶鳳已有五六個月身孕時，阿柳卻動了思鄉之念，想結束茶行，返回泉州。他說：「明年桃花開時，一定來接你們母子。」但寶鳳痴等四度桃花開，仍不見丈夫的影子，於是帶著幼子渡海尋夫。

原來阿柳在回到泉州後，嫌寶鳳是個煙花女子，而入贅金家，寶鳳母子遍尋不著，淪為乞丐，夜宿破廟。阿柳的妻子銀花探知她是丈夫前妻，竟以下毒之飯菜送到破廟毒死寶鳳母子。阿柳在知情後良心不安，在銀花三十五歲生日那天被寶鳳的冤魂附身，精神失常，以至扼死銀花，然後拿著菜刀斃死自己。

痴情女子負心漢的共相

這三個故事，乍看之下，可以說了無新意，其中的見異思遷、始亂終棄、痴情女子負心漢、冤魂復仇等，都是大家所熟知的陳腐窠臼。如果我們抹去故事中的台灣地名和渡海背景，那它們和大陸乃至世界各地所流傳的男女悲情故事，幾乎可以說沒有什麼太大區別。但共相中仍有著一些殊相，本節先談共相：

文學在反映人生、反省人性，超越時空而反復出現的文學主題，往往是人類存在中亙古彌新的衝突、嚮往與恐懼等的投影。痴情女子負心漢的故事顯然是在反映人類存在中的某個悲痛真相。

根據美國國立社會研究中心的調查，丈夫遺棄妻子兒女的比例約為妻子遺棄丈夫兒女的二十倍；資料不必舉太多，因為大部分的調查都顯示，男人比女人有較多的外遇、雜交、見異思遷、始亂終棄的傾向。文學當然不必回答為什麼世間多痴情女子與負心漢，但文學評論若要探討其中的人性意涵，似乎就要觸及這個問題。

從文化決定論到社會生物學

此時，文學中心主義者最常援引的是他們的知識同盟——文化決定論者的論調，認為這是男權社會下的不義產物，在社會權力結構中占優勢的一方有較多的性機會與性特權，所以較容易負心。這當然有幾分真實性，但卻忽略了生命本身的驅力問題。文化與權力是不會讓周成對蓬萊仙館的郭麵仔色授魂與的；生命驅力乃是一個生物學的問題，而它才是驅使周成走上負心之路的原動力。

醫學告訴我們，雄性激素（androgen，即男性荷爾蒙）和性有密切關係，男人血液中奔流的雄性激素濃度遠高於女人，這是他們在性刺激下容易騷動的主因。社會生物學則告訴我們，生物體以遺傳基因（DNA）為原始驅力，DNA盲目地想製造更多的DNA，兩性在這方面有不同的生殖策略：負責生育的雌性，她需要的是一個體貼、可靠的性伴侶，而非眾多的性對象，這樣才能使她的DNA散播（調查顯示，只有一個男伴的女人，其子孫數要多於有很多男伴的女人）；反之，雄性最大的生殖成功卻是到處播種，讓更多雌性生出更多含有自己DNA的後代。

生物學才是人類的殘酷命運

對文學中心主義者而言，這種周邊論調聽來實在刺耳，但在將它打為男性沙文主義的方便神話之前，我們不妨到同性戀此一性的周邊領域去尋求啟示。同性戀是一種純粹的、沒有兩性妥協的性行為形態，它們反映的是男性及女性個別性行為形態的原貌。在這個周邊領域裡，我們看到的是，男性同性戀者的外遇、雜交、見異思遷、始亂終棄更是遠多於女性同性戀者。在性方面，男人不只對女人負心，對男人是更加負心。

將男人的負心說成是來自雄性激素的騷動、DNA的欲求，絕非想替男人脫罪，而是想更逼近人做為一種生物的悲劇性根源。從十幾萬年前就深埋在人體內的古老DNA和它所製造的雄性激素，是不理會人世變遷的，它們仍不時盲目而執拗地驅策它的主人去履行叢林的法則，結果終至帶來生命的不安與悲痛。

文化與權力結構只是文明人在白天的想法，只是支配人類意識心靈的溫柔暴君；人唯有在生命暗夜的戰慄中，始能隱約體會到生物學才是他的殘酷命運。此一雄性激素的騷動、DNA的欲求像一股古老而不安奔湧著的潮騷，投影於古往今來大多數的人類社會，也重現在早年渡海來台的男女身上。

要渡過黑水溝的驚濤駭浪，在當年是一種生命的冒險，若非飽受生存煎熬或有強韌求生意志的人，是難以辦到的；但他們面對的不只是黑水溝的波瀾，還有自己心海中的潮騷，這是生命中的雙重考驗。

《蝴蝶夫人》：西方概念裡的悲情故事

人雖然受制於生物學命運，但人也是能對此種命運提出批判，甚至謀求改造的生物。因此，痴情女子負子漢的故事不只是在反映人類存在的悲痛真相而已，它們通常也對此一悲痛真相提出了反省、批判與改造的意圖。痴情女子負心漢的故事有很多變型，仔細比較這些變型間的異同，我們不難發現它們各有反省、批判的重點，同時也有著中心與周邊的立場衝突。

義大利歌劇作曲家普契尼（G. A. Puccini）的《蝴蝶夫人》，就是個痴情女子負心漢的名劇，它描述的是傳說發生在日本明治時代長崎的一個故事：生性輕浮的美國海軍中尉平克頓愛上了藝伎蝴蝶，兩人結為連理，一段甜蜜的生活後，蝴蝶夫人有了身孕，而平克頓卻奉召必須返國，他向蝴蝶夫人說：「當知更鳥築巢的季節，我就會回來與你重聚。」但知更鳥築巢了兩三次，平克頓依然音訊全無。蝴蝶夫人痴痴等待。最後，平克頓終於隨著軍艦重返長崎，身邊卻多了個金髮妻子。蝴蝶夫人如遭晴天霹靂，悲痛地以短劍刺入自己的胸膛，而將無辜的兒子留給平克頓。

普契尼說：「《蝴蝶夫人》充滿了生命與真理。」在劇中，他以細膩的手法對蝴蝶夫人的痴情與平克頓的負心做了入木三分的刻畫，而賺人熱淚。這是筆者所知最符合生命悲痛真相的痴情女子負心漢故事，但若站在東方民族的立場來看，這似乎也是一個白人中心主義的故事。當然，普契尼可能並非有意要以白人立場來描述這個故事——因為在《蝴蝶夫人》之前，他已寫過幾齣以西方為背景的痴情女子負心漢歌劇，《蝴蝶夫人》首演失敗，有一個原因就是和過去的戲雷同。

施虐於女性VS.女性反撲

普契尼是以西方的悲劇概念來撰寫《蝴蝶夫人》的，我們若以這個概念來衡量前述的三個台灣民間傳奇，它們顯然是比《蝴蝶夫人》差了一大截——故事裡的月里、李招娘和寶鳳，在死後都不甘休，冤魂又重返人間，毀滅負心的男人；這似乎是一種過度陳述，它沖淡了原本具有的悲劇意涵。

過去有不少人指出，這種畫蛇添足式的過度陳述，是使中國缺少真正悲劇（西方概念裡的「悲劇」）的原因之一。但這是西方文學中心主義者的論調，其實，若換個立場，我們即會發現，普契尼的《蝴蝶夫人》也做了某種過度陳述：他的這類歌劇對女性的痴情、如何飽受折磨而又堅忍其心著墨甚多。從精神分析的觀點來看，這正洩露了他「施虐於女性」的幽微心態，而這種心態乃是十八世紀以降，歐洲浪漫奇情或悲情故事的歷史傳統，讓女性「甘心就死」其實只是其「施虐於女性」心理的外顯。

中國的悲情故事似乎沒有這種傳統，最少它不會花很多篇幅去過度陳述女性那無悔的痛苦。在這方面，《周成過台灣》等承襲的是中國的傳統，「女性的反撲」才是這個傳統的主要關注點。被遺棄的痴情女性，若不是像這三個台灣民間傳奇般，以冤魂復仇的方式毀滅負心男子，或是像金玉奴棒打薄情郎般，需對負心男子加以懲罰，始得破鏡重圓。

「女性的反撲」與「施虐於女性」這兩種不同的心理，使得《周成過台灣》等和《蝴蝶夫人》有著結構上的不同，它們在美學造詣上容或有天壤之別，但要說《蝴蝶夫人》施虐於女性的結構是「悲劇」，而《周成過台灣》等女性反撲的結構是「畫蛇添足」，則是難以服人的。早年的台灣大地，並沒有孕育那種悲劇的土壤。冒著生命危險渡過黑水溝的移民者，怎麼會有以悲劇施虐於女性的雅興呢？他們需要的是男人禁不住心中那股古老的、奔湧不安的潮騷而負心時，被痴情女子所毀滅的警惕。

《王魁負桂英》的不同版本

《周成過台灣》等台灣民間悲情故事雖屬於中國痴情女子負心漢故事的傳統，但仍有一些差別。以下筆者擬以《王魁負桂英》這個故事為例，說明中國傳統的中心本質，然後再和台灣故事的周邊特性做個比較。

《王魁負桂英》原來的故事是說，宋朝山東濟寧人王魁（王俊民）會試不第後，恥於歸鄉，在萊陽聞妓女桂英貌美而訪之，桂英愛王魁之才，托以終身，兩人恩愛異常。後以試期迫近，王魁又欲上京，桂英深恐他得官棄己，相約至海神廟互誓情愛不變。王魁上京後，科場得意，高中狀元，宰相韓琦欲以女妻之，王魁遂負桂英，不理會她寄來的書信。桂英憤而自殺，死後鬼魂即上京活捉王魁，後數日王魁遂死。

這個故事的架構和《周成過台灣》等非常類似，但後來卻被改寫成不同的故事，譬如在《焚香記》裡，當王魁中了狀元，宰相欲以女妻之時，王魁以已有聘妻辭之，宰相也不再相強。王魁思念桂英，托人送信至萊陽，請桂英前來徐州任所，但信卻被愛戀桂英的金員外攔截，竄改內容為王魁已入贅宰相家，故與桂英解約。桂英接信，憤而自殺，其魂在冥界訴王魁背誓，海神遣鬼卒與桂英共拘王魁之魂來對質，結果始得惡人奸謀之真相大白，桂英死而復生，有情人終又成眷屬。

負心故事的城／鄉差別

男人負心的故事變成了男人被誤解的故事，鄭培凱在評論中國一九八五年百花獎最佳故事片《人生》時，提到了《王魁負桂英》的原貌與改寫。他說：「強調負心與強調不負心兩派的社會區別，有助於我們了解負心故事反映的社會意識，因為這裡的關鍵似乎就是『城鄉差別』。譴責負心的類型，一般先出自民間，由『鄉愚』口中說出，便是『雷劈』或『活捉』。到了文人的筆下，負心漢便彬彬君子起來，情節出現各種跌宕變化，戲劇衝突也由角色性格的內在變化（負心）轉為外在的環境所迫（如困於相府或有人造謠，引生誤會）。」

「這種社會道德意識的『城鄉差別』，固然反映了士大夫與鄉愚對社會處境的認識有精粗之分，也反映他們所處的地位不同所遭到的命運有別。『鄉愚』大約是要被人『負』的，因此，咬牙切齒，與負心漢不共戴天；有著生花妙筆的文士，極可能就會經歷蔡伯喈或王魁的成功之道，是有機會來『負人』的，所以希望大家冷靜點，為負心找社會根源，有意無意間為之開脫。」（引自《當代》雜誌第四期鄭培凱〈痴心女子負心漢——影片《人生》所反映的社會道德〉一文）。

這種「城／鄉差別」確實有它的見地，《周成過台灣》、《林投姊》、《阿柳》三個故事都只是民間傳奇，並沒有經過文人生花妙筆的潤飾，所以保留了對負心漢咬牙切齒、不共戴天的道德意識。但這在理解台灣的痴情女子負心漢故事時，仍有所不足。

大陸的這類故事，不管是《趙貞女蔡二郎》、《王魁負桂英》或《金玉奴棒打薄情郎》，它們的主角在地理上都是由周邊向中心移動的，而其社會地位也是由下階向上階移動的（也可以說是由周邊向中心移動）。但台灣的這一類故事，卻有著由中心向周邊移動的明顯痕跡（從大陸渡海來台謀生而不是上京趕考），這種逆向行駛所孕育出來的悲情故事，雖然難免會假借大傳統的架構，但也應該有它們獨特的紋理，除了城／鄉差別外，更有著中心／周邊差別。

黑水溝悲情的中心／周邊差別

《周成過台灣》這個故事，最能讓我們體認這種中心／周邊差別。他在大陸的泉州三餐不得溫飽，因而渡過黑水溝，來到台灣的艋舺。後來發達了，向上階的社會地位移動，但他別娶的不是宰相的女兒，而是蓬萊仙館的妓女，這種在地理上由中心向周邊移動的現象，重現於他的負心行為上——由小家碧玉的妻子朝向周邊的妓女，而為中國傳統的悲情故事帶來了某個層面上的逆轉。

《阿柳》的故事剛好可以和《周成過台灣》做個對比，本來也是由中心向周邊移動的阿柳，在台灣落難，得到妓女寶鳳的義助，兩人結為夫妻，但當阿柳重返泉州，又由周邊重返中心時，他就開始嫌棄寶鳳只是個煙花女子，而入贅金員外家，表現出典型的中國「趨中心式」負心行為。《林投姊》裡的周亞思，在回到汕頭後，遺棄在台灣的寡婦李招娘，別娶黃花閨女，循的也是同一個模式。

在負心之後，三名男子雖然都得到了被毀滅的報應，但還是有一個重大的差別：周成和元配月里所生的兒子周大石，得到存活的機會，王根撫孤，周大石在台灣落地生根，最後成為富商。而回到大陸的阿柳和周亞思，他們的子女雖然無辜，卻被冤魂殘酷地趕盡殺絕。這種結局，幽微地反映了另一種中心／周邊差別：這些悲情故事發生於台灣民間，它很自然地站在周邊的立場說話，負心男子雖然應該天誅地滅，但對由中心向周邊移動的負心漢，卻能網開一面，讓他的DNA在周邊得到散播；至於由周邊又向中心移動的負心漢，則情無可恕，連後代都必須受池魚之殃。這種對負心漢的不同待遇跟前述的城／鄉差別大概是來自同樣的心理動因吧！

三個故事中的男／女問題

如果我們從分析心理學的觀點來看，痴情女子負心漢的故事可以說是人世間男女關係的一種原型。但中國幅員廣闊，在大族群裡又有很多小族群，他們各有彼此差別甚至相互衝突的立場，亦各有其所重視的次文化功能。

當然，台灣的這三個故事還有另一個中心／周邊範疇，那就是男／女問題。在以男人為中心的社會裡，女人是一種周邊存在，但做為周邊存在的女人，在這些故事裡除了被負心外，也有其邪惡而令人懼怖的一面。當痴情女子渡海尋夫時，下手毀滅她的並非丈夫本人，而是丈夫別娶的女人；而痴情女子在死亡後，立刻搖身變成恐怖的復仇女神，繼之以更殘酷的毀滅行動。罪過由男人所挑起，但血腥行動卻都由女人來承擔。編出痴情女與負心漢故事的都是男人，他們把女人描繪成男人的最佳損友，這到底在反映什麼心態？因它與本文主線較無關係，而且筆者是個男人，自覺並非討論這個問題的適當人選，只好將它留待高明去解讀。

重新安置，增進了解

筆者一開始就表示，是要站在周邊的立場來解讀台灣的這三個悲情故事的，我是有意循著中心／周邊、文學／生物學、西方／中國、大陸／台灣這個順序在下階匍匐前進的，目的是想要打破中心／周邊慣常的思維模式。

我自知在某些中心主義者的眼中，我已對某些理論做了過度陳述，也對《周成過台灣》等做了過度閱讀，但有時候正因為過度才能使某些平常不受注意的幽微心思獲得突顯，提供了解其可能含義的機會。在兩岸開放探親後，這種中心／周邊的糾葛也像幾百年前一樣，重現在四十多年前隨國民政府渡海來台的外省籍人士身上，當他們重返故鄉時，已被家鄉父老和有關單位視為是來自周邊的台胞；而黑水溝悲情的現代版是：當年在大陸娶妻的外省籍男子，到台灣多年後，因兩地阻隔，返鄉無望，又在台灣別娶他人；四十年後兩岸重新交流，留在大陸的痴情女子雖未渡海尋夫，卻一狀告過來，而台灣的法院做出大陸的元配才是妻子，台灣的妻子只是同居人的判決。結果讓在台灣的外省人和本省人都產生了同樣的心理反應，期期以為不可，認為這是大陸中心主義的法律認知，這就是所謂的中心／周邊差異。我想如果請台灣和大陸的文人分別編寫現代版的「李表哥過台灣」的故事，大概也會有不同的觀點和結局安排吧！

中心與周邊的差別是一直存在的，而其間的矛盾和衝突是人類悲痛的根源之一。不管是小說或現實，嘗試從周邊發聲，將周邊提升到與中心相等的地位，並不是要貶損或摧毀做為主體的中心，而是希望能像解構主義大師德希達（J. Derrida）所說的重新安置，讓周邊與中心都能調整一下位置，增加彼此的了解。

唐詩別裁：
〈楓橋夜泊〉與〈慈烏夜啼〉兩首

歐陽修在《六一詩話》裡說，「夜半鐘聲」雖是「好句」，但卻「理有不通」。其實，唐朝的寺廟多在半夜敲鐘。

烏鴉晚上是不會叫的，但寒山寺西邊有座烏啼山，「月落烏啼」是「月亮落到烏啼山後」嗎？如果不是，為何會有烏啼山？

唐朝時，水鄉蘇州並沒有楓樹，楓乃封字之誤，「江楓漁火」說的其實是「江村橋和封橋間的漁火」，但此說另有一個很大的漏洞……

被白居易認為會反哺的「慈烏」，很可能是來自一個可怕的誤解：小鳥在餵大鳥，並非反哺，而是生物演化過程中出現的一種殘酷伎倆。

寒山寺前的一場邂逅

一九九〇年，我們夫婦參加由康來新教授率團的「紅樓夢之旅」，由北京一路南下，在抵達蘇州後，蘇州的兩個導遊一個世故老辣，像祝枝山；一個白淨儒雅，像文徵明。斜風細雨中，「文徵明」（蘇州大學的學者）帶我們一行來到了寒山寺。細雨沾衣欲濕，但他卻不急於入寺，反而站在寺前的小河邊，透過擴音器，吟起張繼的〈楓橋夜泊〉來：

「月落烏啼霜滿天，江楓漁火對愁眠；姑蘇城外寒山寺，夜半鐘聲到客船。」

據說入京赴試，失意而歸（一說是在中了進士後，為避安史之亂）的張繼，曾在千年前夜泊蘇州，而寫出了這首千古名詩。今之「文徵明」口沫橫飛地說：「所謂『江楓漁火』並非江邊的楓樹和漁火，而是江村橋和封橋之間的漁火。」他指點寺側一座斑駁的拱橋，說：「這就是江村橋，封橋則在那邊。蘇州在唐代並沒有楓樹，楓橋乃封橋之誤。不到蘇州，就不知道這個錯誤。」

細雨恍若千絲萬縷，意欲將我們一行的身影編織進載負著厚重歷史的河面，我的眼光隨波逐流，感到些微悵惘。不是一首千年名詩裡原來隱含了一個美麗的錯誤，而是眼前這河，這條看起來只比水溝稍大的河，怎麼一點也不像懷想中張繼夜泊過的那河？

雨愈下愈大，幾乎是為了避雨，我們倉皇奔進了寒山寺。

二十八個字裡的諸多疑點

「文徵明」的一番話引起我的好奇，也開始用理性思維來打量〈楓橋夜泊〉這首詩。以前讀唐詩宋詞，都是用感性直觀的，陶醉於詩人措詞遣字之精妙與所營造意境之高雅，也就是純美學的欣賞，很少去思考、探索、考證詩人所言之真偽。因為當時認為即使詩人所言不符合事實，譬如李白的「白髮三千丈」，那顯然是一種「誇飾法」，如果斤斤計較，就太不「識趣」了；其他用來做「象徵」或「別有寓寄」的詩句也多得不剩枚舉。所謂「分析無意謀殺，多事的理智會破壞事物的美妙」，在讀詩賞詞時，我們似乎不必做太多的思考。

但我看時下的一些「詩詞賞析」，有不少「賞析」卻多屬個人主觀的推想、臆測，甚至天馬行空，愈描愈糊；那我何不「就事論事」，就從〈楓橋夜泊〉的二十八個字看起，對有疑問的地方先做些查證和聯想，看看能有什麼發現或感觸，進而影響我對這首詩的欣賞？當我改用理性、好奇、懷疑的眼光來看〈楓橋夜泊〉時，最少看到了三個讓我感到「不解」的地方：第一個是「烏啼」，傳統的解釋是「烏鴉啼叫」，但有誰聽過烏鴉在深夜發出叫聲的？第二個是「霜滿天」，以前住鄉下時，在寒冷的冬天清早，常可見路旁草葉、牆角、籬笆邊結了一層薄薄的霜，但那是「霜滿地」，霜會像雪花一樣滿天飛舞嗎？第三個是「夜半鐘聲」，所謂「暮鼓晨鐘」，寺廟通常在清晨敲鐘，有些寺廟雖然也會在農曆過年，一元復始的子時敲鐘，但那是特例，並非張繼夜泊的時刻，那有誰聽過寺廟在半夜敲鐘的呢？

這三個疑問似乎不是詩人為了講求押韻、平仄、對仗或營造意境就能「含糊」過去的，它們因此讓我產生探究的興趣。

唐朝的寺廟多在半夜敲鐘

先說「夜半鐘聲」。其實，在〈楓橋夜泊〉有名之後，就有人對此表示懷疑。北宋的歐陽修在《六一詩話》裡就說：「詩人貪求好句而理有不通，亦語病也……唐人有云：『姑蘇台下寒山寺，半夜鐘聲到客船。』（文字有異，可能是錯引）說者亦云，句則佳矣，其如三更不是打鐘時！」也就是說，歐陽修認為「夜半鐘聲」雖是「好句」，但卻「理有不通」，因為沒有寺廟會在三更半夜敲鐘，擾人清夢。

歐陽修是大學問家，北宋稍後的陳岩肖在《庚溪詩話》裡，對歐陽修的質疑提出解釋說：「然余昔官姑蘇，每三鼓盡，四鼓初，即諸寺鐘皆鳴，想自唐時已然也。後觀於鵠詩云：『定知別後家中伴，遙聽緱山半夜鐘。』白樂天云：『新秋松影下，半夜鐘聲後。』溫庭筠云：『悠然旅榜頻回首，無復松窗半夜鐘。』則前人言之，不獨張繼也。」意思是在唐朝，寺廟在半夜敲鐘是一種普遍的習俗；而且，曾在蘇州當官的陳岩肖還自己親耳聽見當地的寺廟在半夜時「寺鐘皆鳴」。

另一位北宋的詩人彭乘在《續墨客揮犀》裡也說：「予後至姑蘇，宿一院，夜半偶聞鐘聲，因問寺僧，皆曰：『固有分夜鐘，何足怪乎？』尋問他寺皆然，始知半夜鐘惟姑蘇有之，詩信不繆也。」這也表示，到宋朝時，蘇州的寺廟依然是在半夜敲鐘的。歐陽修對「夜半鐘聲」的質疑，反而成了一點也不踏實的「想當然耳」。由此可知，很多事不能單憑自己有限的經驗去「推論」，一定要經過多方、仔細的查證；另外，很多風俗習慣是不斷在變化演進的，我們絕不能誤以為此時此地的「殊相」就是亙古以來不變的「共相」。

是「霜滿天」還是「霜滿地」？

接下來談「霜滿天」。在傳統的節氣觀裡，每年秋季的最後一個節氣稱為「霜降」，但現代的氣象學告訴我們，霜是在寒冷季節的夜晚，地表層空氣中的水氣在輻射冷卻的物體表面（譬如接近地面的草葉）上形成的晶體，而不是像雪、雨會從天上降下來，或在空中飄舞，所以不可能有「霜滿天」這種情景。

當然，張繼可能是為了詩的押韻、平仄、對仗或營造意境，而使用「霜滿天」這樣的文學描述。不過，氣象學家也說如果當年張繼確實看到漂浮於空中的某種東西，那有可能是現在所說的霰、雪子或冰針，但這三者都不是「霜」，也不是「雪」。如此一來，張繼的「霜滿天」就不是「子虛烏有」或「故意扭曲」，而是對於氣象的「誤讀」了！

但不管如何，我覺得引進氣象學的知識，並不會折損我們對「霜滿天」的美感經驗，反而會進一步去想，若將它改為「霰滿天」、「雪滿天」或「霧滿天」，那在美感和意境上可能就會差一截，所以更會認為張繼的「霜滿天」實在是說得好！

「烏啼山」與「愁眠山」的玄機

再來談「烏啼」。我有一次對中學生演講，提到這首詩時說：「晚上是烏鴉休眠的時候，牠們並不會啼叫。那『烏啼』是什麼意思呢？」有同學說「月落」指的是接近清晨的時刻，天快亮了，所以烏鴉開始叫了；聽起來似乎有點道理，但這跟後面的「夜半鐘聲」在時間上卻出現了矛盾。另有同學說，張繼聽到的只是晚上會叫的夜鳴鳥（譬如貓頭鷹）的啼叫聲，這似乎更有道理，我們實在不必刻意在那個「烏」字上找碴（還有一種說法：烏指水老鴉，即鸕鶿鳥的俗名，似鴆鳥而小，為漁舟所養，令其捕魚）。

但我對同學提出另一種說法：因為寒山寺西邊有一座「烏啼山」，所以張繼的「月落烏啼」說的其實是「月亮落到烏啼山後」。結果，有不少同學認為我說得很有道理。但當我又說寒山寺南邊另外還有一座「愁眠山」時，原本相信我說法的同學不僅發現自己掉進了一個陷阱，而且了解到這個陷阱是怎麼產生的：原來，所謂的「烏啼山」和「愁眠山」都是張繼這首詩有名之後，才附會於它的「景點」名稱（「愁眠山」原名「何山」，蘇州另有一座橋叫「烏啼橋」）。

除了寒山寺外，虎丘也是蘇州的另一知名景區。景區內有一塊被劈成兩半的「試劍石」，相傳是春秋時代吳王闔閭為了爭霸天下，請干將、莫邪夫婦為其鑄劍，闔閭為了測試寶劍的鋒利程度，拿起劍往石頭上一揮，就將堅硬的石頭劈成兩半。這塊「試劍石」的真假，考證起來也許要費點工夫。但景區內另有一塊石頭，旁邊寫著「秋香一笑處」，它是來自純屬虛構的「唐伯虎點秋香」這個民間傳說，故事是假的，但石頭卻是真的，不過大家都一清二楚，它是為了增加景點的知名度，而附會於文學作品的產物。

蘇州近郊的「烏啼山」和「愁眠山」，也是這樣的產物。其實不只蘇州，其他各地附會於名人、名作的景點，也都應作如是觀，而這也正是所謂的「文化搭台，經濟唱戲」。

蘇州在唐朝時有沒有楓樹？

最後談「江楓」。江邊的楓樹，這原是最自然的美景，最不會讓人起疑的，但經「文徵明」一說，我感到好奇，而上網查了相關資料，才了解到它果然是此詩中最大的疑點與謎團；而且在解開謎團的過程中，還讓我看到文學作品在歷史浮沉中所可能產生的各種變貌，當然有些依然是謎，恐怕也永遠難以解開。下面就挑一些自覺比較合理或有趣的說法：

首先，現在的蘇州當然有楓樹，但很多專家認為，蘇州在唐朝時並沒有楓樹，如今蘇州的楓樹是明朝時由范仲淹的十七世孫范允臨晚年從福建引進的（他是蘇州人，但在福建當官）。另外，清朝的王端履則說：「江南臨水多植烏（桕），秋葉飽霜，鮮紅可愛，詩人類指為楓。不知楓生山中，性最惡濕，不能種之江畔也，此詩『江楓』二字，亦未免誤認耳。」也就是說，他認為張繼當時可能在河邊看到長滿紅葉的烏桕，卻誤以為那是楓葉。

但如果唐朝時蘇州沒有楓樹，河邊也沒有紅葉，那「江楓」指的又是什麼呢？清末蘇州才子俞樾（現在寒山寺裡〈楓橋夜泊〉的詩碑就是出自他的手筆）考證說：「唐張繼〈楓橋夜泊〉詩膾炙人口，唯次句『江楓漁火』四字，頗有可疑。宋龔明之《中吳紀聞》作『江村漁火』，宋人舊籍可寶也。……明文待詔所書亦漫漶，『江』下一字不可辨。……幸有《中吳紀聞》在，千金一字是『江村』。」意思是「楓」乃「村」字之誤。

「封」與「楓」的爭議

另有一派的說法，也就是本文開頭那位「文徵明」的說法：「楓」乃「封」字之誤，「江楓漁火」

其實是「江封漁火」，說的是江村橋和封橋之間的漁火。在寒山寺外邊的那座拱橋就是江村橋，而封橋則在前方更遠處（如今已不存），因為早年基於治安考量，晚上會關上柵門封閉河道，所以稱為「封橋」。明初盧熊在《蘇州府志》說：「天平寺藏經多唐人書，背有『封橋常住』四字朱印。知府吳潛至寺，賦詩云『借問封橋橋畔人』，筆史言之，潛不肯改，信有據也。」

「封」與「楓」雖同音，但卻是如何轉換的呢？這又有兩種說法：一是宋朝的《豹隱紀談》（作者佚名）說：「王郇公居吳時，書張繼詩刻石作『楓』字，相承至今。」王郇公（王珪）在北宋仁宗時當過宰相，辭官後家居蘇州，在手書張繼詩作石刻時，將「江封漁火」寫成「江楓漁火」；「宰相說了算」，所以就被後世沿用。另外有人說：「本為封江、封橋，王蚌改封為楓，人們震懾權勢，只得趨附。」因未注明出處，也不知「王蚌」是否為「王珪」之誤？我只能看到什麼就說什麼，留待高明去查證。不過話說回來，從很多角度來看，「江楓漁火」確實都比「江封漁火」高明許多（另有人說「江楓漁火對愁眠」原是「楓江漁夫對愁眠」，未免愈扯愈遠，這裡就不談了）。

連詩名〈楓橋夜泊〉都錯了？

有趣的是，這首千古名詩的題目〈楓橋夜泊〉也是有問題的。在清朝乾隆年間孫洙夫婦編選的《唐詩三百首》中，〈楓橋夜泊〉一詩下有注云：「一作〈夜泊松江〉。」而在最早選錄本詩的唐朝的《中興間氣集》裡，詩題為〈夜泊松江〉，這應該才是張繼的原題。松江位於蘇州城外，是吳江的下游，再下去就稱為吳松江，到上海則稱為蘇州河。〈楓橋夜泊〉這個詩題，可能是宋朝時才「被改名」（也許就來自王郇公的石刻）的。到了清朝康熙年間的《全唐詩》，此詩的詩名已是〈楓橋夜泊〉，但下有一注云：「一作〈夜泊楓江〉。」可能是松江又稱楓江，或有一段稱為楓江。

已故的大陸學者施蟄存認為，〈夜泊松江〉——張繼當年所坐的船並非停泊在寒山寺下或楓（封）橋附近，而是離寒山寺還相當遠的松江之上，這樣才比較合理。因為說「姑蘇城外寒山寺，夜半鐘聲到客船」，給人的感覺是鐘聲應該從很遠的地方傳來的，如果船就停泊在寒山寺外頭，那麼他聽到的半夜鐘聲，一定離自己很近也很響才對，用「到」就不對。

所以，所以……前面所說「江楓漁火」指的是江村橋與封橋間的漁火又「全部破功」了！而楓封之爭與蘇州在唐朝時到底有沒有楓樹，似乎也顯得沒啥意義了。所以，所以……「繞了一大圈，你這不是白說了嗎？你是故意要玩弄大家嗎？」我只能聳聳肩，說：「這樣的結局不是我原先意料得到的，我想，大家也不必再做太多的理性思考，還是心無旁騖地去欣賞〈楓橋夜泊〉的美感與意境吧！」

〈慈烏夜啼〉裡的「慈烏」是什麼鳥？

〈楓橋夜泊〉的討論就此打住，我們再來看另一首唐詩——白居易的〈慈烏夜啼〉。記得是當年念中學時的國文課文，印象非常深刻：

「慈烏失其母，啞啞吐哀音，晝夜不飛去，經年守故林。夜夜夜半啼，聞者為沾襟；聲中如告訴，未盡反哺心。百鳥豈無母，爾獨哀怨深？應是母慈重，使爾悲不任。昔有吳起者，母歿喪不臨，嗟哉斯徒輩，其心不如禽！慈烏復慈烏，鳥中之曾參。」

相信很多人也都讀過這首詩。但「慈烏」到底是什麼鳥？老師只說是一種烏鴉，他也沒見過，但既然是大詩人白居易說的，而且還被收在課本裡，那就準沒錯！所以我當時頗受這首詩的影響，覺得當子女的應該孝順父母，否則就是「禽獸不如」。

後來，慢慢發現詩人的話「多不可靠」，也知道絕大多數的脊椎動物的子代都在成熟後就會被趕出家門，親子以後即甚少來往。像「慈烏」這種不僅會「反哺」父母，而且因思念母親而「夜夜哀啼」的，實在是不可思議。又後來，才知道它的「匪夷所思」是因為世界上根本就沒有這種鳥！全球的鳥類學家在各地觀察了數百年，從未發現鳥類有反哺行為。那白居易是憑空捏造嗎？似乎也不是。他所說的慈烏反哺和夜啼，很可能是來自下面這個「可怕的誤解」：

美麗的傳說與可怕的誤解

原來，世界上約有五十種杜鵑科的鳥類屬於寄生鳥，牠們並不築巢，也不孵蛋，更不想自己養育幼雛，而是在繁殖季節時，先尋找合適的宿主，誘逼正在孵蛋的宿主離巢，吃掉或丟掉一顆蛋，然後在巢內產下一枚類似的蛋，由不知情的宿主替牠孵蛋（被寄生的鳥類高達一百多種）。杜鵑的幼雛通常比宿主的幼雛先孵化出來，一孵化出來，牠即會本能地把巢中其他的蛋或雛鳥一個個推出巢外。「義母」覓食回來，看到巢內只剩下「唯一的孩子」，就對牠倍加寵愛，而牠也大剌剌地獨占「義母」辛苦找回的食物，等羽翼豐滿後，就揚長而去。這種繁殖模式可以說是既殘酷又冷血。

杜鵑的體型通常比牠們的宿主來得大。沒多久，雛鳥的塊頭就比「義母」大許多，但還繼續張大嘴巴被餵養。不明就裡的人看到「小鳥」居然在餵「大鳥」，以為那是「子代」在反哺「親代」，而注重孝道的人更是驚喜讚歎，對此大做文章，認為牠們是「鳥中曾參」了。至於杜鵑鳥特有的淒切啼聲，則被聽成是思念母親的「啞啞吐哀音」了！

杜鵑的叫聲並不甜美，反而給人哀淒之感，但這種「哀淒」卻獲得相當的美化：民間傳說蜀國國君望帝（杜宇）禪位給治水有功的能人，退隱的望帝在死後化為鳥，暮春啼叫，聲若「不如歸，不如歸！」哀怨悲淒斷人肝腸，最後竟啼出血來，百姓感念，遂將這種鳥稱為杜鵑，而被牠的血染紅的花就叫杜鵑花。「莊生曉夢迷蝴蝶，望帝春心托杜鵑」、「等是有家歸未得，杜鵑休向耳邊啼」都跟這個美麗的傳說有關。

但塑造哀怨淒美的「啼血」，其實也是來自錯誤的表面觀察，因為杜鵑的喉嚨呈深紅色，在開口鳴叫時露出牠嘴內的殷紅，結果竟被人誤以為是在「啼血」。

想藉禽獸來勸孝是搞錯了方向

這的確是個「可怕的誤解」。關於孝順，二十四孝裡的「鹿乳奉親」也是很多人都聽過的故事：周朝時，有一位郯子，從小就很孝順。他的父母年邁時，患有眼疾，很想吃鹿乳。郯子苦思冥想，終於想出一個辦法；他穿上鹿皮，到深山裡，混進鹿群中，擠取鹿乳，回去供養雙親。後來被獵人發現，正當獵人舉起弓箭要射殺他時，他急忙喊道：「我是人不是鹿！」獵人在知道他是為了取鹿乳給雙親吃才假扮成鹿的原委後，對他這種孝敬父母的行爲讚歎不已。

小時候聽到這個故事，覺得很感人，也理所當然地全盤接受了。但有了一點見識後，就覺得它其實有很多漏洞。首先，野生鹿群是不容易接近的，郯子想到要穿上鹿皮，假扮成鹿，似乎是個好方法，其實只是「想當然耳」。因為多數動物辨別敵我，不是看「長相」，而是靠「氣味」，每個鹿群都有由牠們的體味、糞味、尿味等綜合而成的「獨特氣味」，即使是真鹿，如沒有這種氣味，就是「非我族類」，不僅不被接納，還會受到攻擊。

其次，要擠野生鹿奶，絕非像到觀光牧場「擠牛奶」那樣簡單。野生的母鹿、母羊等只有在生產後才會泌乳，牠們的乳汁也只給自己的「小孩」吃；即使在「小孩」死掉後，也不願意將多餘的奶水哺育別人的孤雛。有經驗的牧羊人因此想出一個辦法，將死掉小鹿的皮毛剪下來，綁在失母的鹿孤兒身上，讓母鹿聞到「自己孩子的氣味」，而接納對方，讓牠吸乳。總之，郯子的「鹿乳奉親」，從動物學的角度來看，猶如天方夜譚。

說這些，並非故意找碴，或是想揶揄古人、質疑孝道。而是要指出，想藉「禽獸」來規勸人們應該孝順父母是搞錯了方向。動物並無孝順的行為，親情也不如人類，做子女的想要孝順父母是人類特有的、「異於禽獸」的高貴行為。

誰是潘金蓮：
《金瓶梅》裡的淫婦與性事

《金瓶梅》一書對性事刻意描繪，無所忌諱，而且好做雙關語。但作者蘭陵笑笑生在有意無意間還是洩露了他個人乃至漢民族對「性」的一些隱密心思。

潘金蓮的「原我」（性欲）非常猖狂，個人與社會「超我」相對薄弱，她的「自我」審時度勢，想將「欲」昇華為「情」，但卻沒有成功。

不少人認為蘭陵笑笑生筆下的潘金蓮「寫活了淫婦」，「淫婦就是這樣」。我們可以說，潘金蓮就是漢民族集體潛意識裡「淫婦原型」的顯影。

「二八佳人體似酥，腰間仗劍斬愚夫；雖然不見人頭落，暗裡教君骨髓枯。」《金瓶梅》裡的這首詩道盡了中國男人對床上女人的深沉懼怖。

精神分析與《金瓶梅》是一拍即合？

《金瓶梅》是人盡皆知的一本淫書，潘金蓮是家喻戶曉的一個淫婦，歷來不乏騷人雅士從各種角度去探討這本小說和它的人物，但卻都很少觸及它真正的主題，也就是性的問題。筆者學醫出身，「慣看」的並非「秋月與春風」，而是「鮮血和肌肉」，不擅搖頭晃腦揣摩那幽遠的意境，只能看到什麼說什麼，談一些形而下的問題。今日之意正是要不揣淺陋，以本行裡的精神分析學說一探潘金蓮的性生活，以及這些生活點滴背後的心理含義。

也許有人會認為，以精神分析來分析《金瓶梅》這本小說、小說中的人物以及作者蘭陵笑笑生是一拍即合；因為精神分析要處理的不正是潛意識中的卑汙願望——也就是性的願望嗎？但這恐怕是「只知其一，不知其二」，精神分析所要分析的乃是被壓抑的性願望，而《金瓶梅》一書卻已赤裸裸地宣洩了這種欲望，讓人一覽無遺。如此說來，精神分析豈非已無用武之地？但這恐怕亦是「只知其二，不知其三」，蓋指出被壓抑的性願望，甚至攤開當事者性問題的所有癥結，只是精神分析在分析文學作品時的「熱身運動」而已；在可能的範圍內，對當事人（包括書中人物及作者）的整個人格與人生做結構性的分析，才是精神分析的基本目的，而這也是本文的旨趣所在。

直白的性象徵：瓢與棒槌

以精神分析來分析《金瓶梅》，若不談一些性象徵，似乎有點說不過去，現在就且讓我們先來一些「熱身運動」。《金瓶梅》一書對性事刻意描繪，無所忌諱，而且好做雙關語，譬如第四回王婆到武大郎家借「瓢」，但事實上是要潘金蓮過去和西門慶幽會，借瓢的寓意非常明顯，作者還特別謅了一首詞來描述此瓢：「這瓢是瓢，口兒小身子兒大。你幼在春風棚上恁兒高，到大來人難要。他怎肯守定顏回甘貧樂道，專一趁東風，水上漂。也曾在馬房裡餵料，也曾在茶房裡來叫，如今弄得許由也不要。赤道黑洞洞葫蘆中賣的什麼藥？」用精神分析的白描，此瓢就是女性性器的象徵。

與此相對的是第七十二回，春梅到如意兒處借「棒槌」，此處作者對棒槌無任何歌詠或暗示，也許是情節安排上的不經意流露，但寓意亦非常明顯，原來此時正是西門慶勾搭上如意兒，經常在那邊過夜致令潘金蓮獨守空閨之時，所以春梅會代替她的主子潘金蓮過去借棒槌。棒槌者，男性性器之象徵也。

為什麼需要性象徵？

佛洛伊德認為，凡是中空的容器，都可以是女性性器的象徵，譬如箱子、櫥櫃、爐子、洞穴、杯子、酒瓶、鞋子、皮包、湖泊、井、船、房子等（埃及的金字塔則是乳房的象徵）。反之，長形的、會膨脹的、具有動力與穿透力的東西，都可能是男性性器的象徵。譬如石柱、竹子、摩天大樓、塔、香蕉、蛇、鳥、刀劍、拐杖、鑰匙、口紅等等。

雖然說「愈受壓抑的就愈需要使用象徵」，因為不便啟齒，所以在性方面會使用大量的性象徵；但有時候，則純屬「雅趣」，跟「壓抑」的關係不大。譬如在《唐傳奇小說》的〈遊仙窟〉這篇故事裡，男女主角在相互試探和調情時，男主角歌詠刀子說：「自憐膠漆重，相思意不窮；可惜尖頭物，終日在皮中。」女主角則歌詠刀鞘：「數捺皮應緩，頻磨快轉多；渠今拔出後，空鞘欲如何！」以刀子象徵男性性器、刀鞘象徵女性性器的意味非常明顯。

王婆到武大郎家借瓢，春梅到如意兒處借棒槌，瓢與棒槌的象徵意義，還有蘭陵笑笑生對瓢的歌詠，都可以說是來自這種有意識的「雅趣」。

隱晦的性象徵：鞋與鑰匙

但有時候，文藝創作者還是會不自覺（潛意識）地使用性象徵。譬如在《金瓶梅》裡，潘金蓮與女婿陳經濟間的姦情，因涉及亂倫，而需要有較長時間的醞釀與懸宕。在漫長的試探與調情過程中，潘金蓮有一次丟了一隻「鞋子」，她四處找鞋子，最後鞋子落到陳經濟手中，且由他拿來歸還。無獨有偶的，陳經濟隨後也丟了一把「鑰匙」，他覺得是遺失在潘金蓮這邊，而到她房裡來尋找。一個丟鞋，一個丟鑰匙，而且又都和對方有關，鞋與鑰匙正像前述的瓢與棒槌，分別是女性和男性的性象徵。

筆者雖然無法揣測蘭陵笑笑生是有意還是無意地使用這些性象徵，但我認為應以「不自覺」的成分居多。就像唐朝賈島詩中的「鳥宿池邊樹，僧推月下門」，「鳥」與「僧」有象徵男性性器的嫌疑，而「池」與「門」則有象徵女性性器的嫌疑，但我們還是無法窺知賈島在創作時是否意識到這點。

但不管有意還是無意，它表示人類不論是黑白黃或賢不肖，都有意或無意在運用某些普遍的性象徵，所謂「人同此心，心同此理」，人類心靈的運作乃有其普遍的法則。不過用精神分析來分析文學作品，絕不能只停留在「這裡一根陽具，那裡一個陰道」的幼稚階段，而要進一步去探討小說中人物的人格特質及其在生活中的投影。

潘金蓮：一個性欲亢進的女人

不論是以傳統中國或性革命以後的西方觀點來看，潘金蓮都可以稱得上是一個「性過度」（hypersexuality）的女人。一般說來，「性過度」的女人有兩大類，一是因無法從性行為中獲得滿足而幾近強迫性地反覆追求那「虛擬的性高潮」者，一是能從性行為中獲得滿足，但旺盛的性欲（原我）與薄弱的道德意識（超我）卻驅使她去追求更多實質的性高潮者，潘金蓮應該是屬於後者。

雖然在命運的安排下，她被塞給武大當老婆，這個三寸丁的丈夫在「著緊處，都是錐紥也不動」，而顯然使她積壓了相當程度的欲求不滿；但在蘭陵笑笑生的筆下，她更是一個「生性淫蕩」的女人。作者借相術來顯露她這種本性：在第二十九回裡，吳神仙看了潘金蓮的相後，說她「髮濃鬢重光，斜視以多淫，臉媚眉彎，身不搖而自顫」、「舉止輕浮惟好淫，眼如點漆壞人倫，月下星前長不足，雖居大廈少安心」。在中國人的觀念裡，相格正暗示著本性。潘金蓮之所以對性特別有興趣，乃是因「臉上多一顆痣或肌骨的比例」所致，是生來就是如此的，與她的童年經驗無涉，因此筆者也不打算在這裡討論潘金蓮或西門慶在個人的成長過程中，有沒有什麼特殊的生活經驗而使他們在成年後，出現異於常人的性觀念和性活動。

對獸性本能的恣縱

《金瓶梅》一書對潘金蓮的諸種淫行雖然著墨甚多，卻很少提及她對性的基本態度，勉強可以做個交代的是在第八十五回裡，潘金蓮在西門慶死後勾搭上女婿陳經濟，旋因受疑而被拆散，她「挨一日似三秋，盼一夜如半夏」。正悶悶不樂時，她忠實的「性差使」春梅說：「你把心放開，料天塌了還有撐天大漢哩！」於是兩人借酒消愁，「見階下兩雙犬兒，交戀在一起」，遂說道：「畜生尚有如此之樂，何況人而反不如此乎？」這種恣縱獸性本能，及時行樂的看法可以說是潘金蓮和春梅這對主僕基本的性態度。

旺盛的性欲與放縱的性態度為潘金蓮提供了「淫婦」的心理造型，也為《金瓶梅》一書中的性描寫畫龍點睛。她不僅會背著丈夫「眉目嘲人，雙睛傳意」，主動去勾搭撩撥男人，而且更在床笫間採取主動的架勢。在第十三回裡，西門慶出示春宮畫，潘金蓮「從前至尾，看了一遍，不肯放手，就交與春梅：『好生收我箱子內，早晚看著耍了。』」。日後先與西門慶，後與陳經濟，照著春宮畫上的模樣行事。在〈西門慶貪欲得病〉那一回裡，更乘著西門慶酒醉，餵他吃了三丸胡僧藥（春藥），自己也吃了一丸，然後「騎在他身上」、「美不可言」、「五換巾帕」，最後弄得西門慶「精盡繼之以血」昏迷過去。對潘金蓮來說，性並不單純是博取男人歡心的差事，而是一件可意賞心的樂事。

想將欲昇華為情的徒勞

潘金蓮曾數度要將「欲」昇華為「情」，但都沒有成功。她的枕邊風月雖然「比娼妓尤盛」，私底下卻相當鄙薄妓女，因為她認為「婊子無情」。她罵勾欄院裡讓西門慶迷戀的李桂姐「十個九個院中淫婦，和你有甚情實。常言說的好，船載的金銀填不滿煙花寨」。潘金蓮自覺有一縷情絲纏在她所愛的男人身上，譬如當西門慶流連歌台舞榭不返時，潘金蓮寫了一封情書，要小廝玳安轉交給西門慶，情書上說：「黃昏想，白日思，盼殺人多情不至，因他為他憔悴死，可憐也繡衾獨自。」

西門慶死後，她與女婿陳經濟的姦情因遭疑而受阻時，也要春梅捎一封情書給陳經濟，情書上說：「將奴這桃花面，只因你憔瘦損……淚珠兒滴盡相思症。」正是說不完的離情之苦，道不盡的相思之意。但潘金蓮只有在性欲受阻時，才會寫情書、彈琵琶詠頌愛情。寫給西門慶的情書墨蹟未乾，她就因難耐春閨寂寞，將小廝召進房內，將他給「用」了；她雖也為了陳經濟而「憔瘦損」，但在被王婆領回後，也等不及情郎來相會，就又和王婆的兒子王潮搞上了。

性欲是水，愛情是岸，水沒有岸來加以定型，就無法累積，而四處橫流，變得淺顯化，難以有江海湖泊的深邃感，這也正是潘金蓮的情欲世界給人的感覺，氾濫而缺乏深度。因此，雖然有著無邊的風月，但其情欲的饑渴度與滿足度竟不若白先勇短篇小說中的玉卿嫂那樣深邃。

潘金蓮的原我與自我

赤裸的性欲是依快樂原則而行事的原我（id），它需要受到依現實原則來行事之自我（ego）的引導，與依道德原則來行事之超我（superego）的節制。潘金蓮的原我自是生來就蓬勃無比，但她的自我對男尊女卑、一夫多妻的社會現實卻也有著相當的體認，她自知無法獨占西門慶的身心，而須與眾女共分一杯羹，所謂「船多不礙港，車多不礙路」。大家各憑本事，以討主子歡心。潘金蓮在這方面的本事包括在床上百般奉承、到處偷聽、突襲抓奸、收集情敵的情報、將身體抹得像李瓶兒般的白淨以奪其寵，並借迷信魔法想在壬子日生子，用木人符灰要拴住西門慶的心等等。潘金蓮的自我，與書中其他女性可以說沒什麼兩樣，最少是差異不多。

在《金瓶梅》這種形式的古典小說裡，我們很難看到有關當事者內心衝突的描述，因此，筆者也找不到潘金蓮對她的行為是否有過什麼反省或罪惡感的蛛絲馬跡。禮教與道德對她（甚至對書中的多數人物）來說，可能只是嘴巴上的表面文章，我們需從外在的具象權威去尋找具有約束與懲罰力量的超我象徵。

軟弱無力的象徵性超我

潘金蓮生命中的第一個權威人物——父親，很早就死了。第二個權威人物——母親（潘姥姥），雖然含辛茹苦將她帶大，讓她學琴識字，但潘金蓮對母親卻不甚尊敬，曾為了轎錢而當眾奚落辱罵她。第一任丈夫武大郎、第二任丈夫西門慶與西門慶死後當家的大老婆吳月娘又分別代表她在三個不同人生階段中的權威人物。巧的是，潘金蓮各被這三位權威人物捉過一次姦，第一次是武大郎捉她和西門慶的姦，第二次是西門慶捉（打）她和琴童的姦，第三次是吳月娘捉她和陳經濟的姦，結果是「事出有因，查無實據」，都被潘金蓮狡辯過去。超我雖然數次進抵原我的窩巢，但都無能將它制伏。

在第七十六回裡，有一個有趣的插曲：西門慶從衙門回來，說他審了一個丈母養女婿的案子，兩人的姦情因使女傳於四鄰而暴露，結果丈母和女婿都招了供而判了絞罪。此時，也在暗中養女婿的潘金蓮居然臉不紅、氣不喘地說應將那告密「學舌的奴才打的爛糟糟，問他了死罪」。日後在西門慶死後，使女秋蘭果真將潘金蓮和陳經濟的姦情向吳月娘告密，結果竟不獲相信，秋蘭反而被打得爛糟糟。這固然表示原我氣焰的高漲，亦表示超我的懵懂、昏庸、懦弱——其中武大郎是個侏儒，西門慶本身就是個色中魔鬼，而吳月娘則是個迷信神佛的爛好人。

不僅個人層面的超我出了問題，連社會層面的超我——法律與禮教也是漏洞百出，無法約束人欲的橫流。吳月娘、孟玉樓等一夥婦女，表面上看起來似乎是相對於潘金蓮的「好女人」，其實整天也是無所事事地吃喝玩樂。在第七十四回裡，西門慶回府被潘金蓮捷足搶進房中，眾女罵了一頓「淫婦」後，只好聽暗地裡提供生子靈藥的僧尼宣講善惡果報的佛法，然後大吃大喝（滿足了與性欲相對的食欲），再由李桂姐唱「淫曲」給眾女和僧尼合聽。這豈非是另一種形式的墮落？

武松：另一股非法的力量

潘金蓮因原我的放縱，而犯下了通姦、謀殺親夫、養女婿等法律與禮教所不容的罪行，但事實上，癱瘓的法律與禮教均奈何不了她。在吳月娘要王婆將她領回後，還有很多男士、各路人馬爭著要娶她，而使王婆認為她是可居的奇貨，一路抬高價錢。設若潘金蓮不是觸怒了武松，最後由武松出面來殺嫂祭兄，筆者一時也很難想像蘭陵笑笑生會安排給她一個怎樣的結局？很像潘金蓮影子的春梅，也是一個犯下通姦、亂倫罪行的淫婦，但蘭陵笑笑生給她的結局卻是「在床上快樂而死」。

從精神分析的眼光來看，武松並非超我的象徵。這個打虎英雄事實上代表的是另一股非法的力量，而他竟然是書中唯一嚴峻拒絕潘金蓮誘惑的男人！眾人皆醉我獨醒，獨醒者卻也不是什麼健全的英雄，他對潘金蓮的制裁用的亦非健全的手段。武松殺嫂祭兄的手法非常殘忍，小說的描述是：「用兩隻手去攤開他胸脯，說時遲，那時快，把刀子去婦人白馥馥心窩內只一剜，剜了個血窟窿，那鮮血就冒出來。那婦人就星眸半閃，兩隻腳只顧登踏。武松口噙著刀子，雙手去斡開他胸脯，扎乞的一聲，把心肝五臟生扯下來，血瀝瀝供養在靈前。」這絕非什麼道德力量的展現。人性的墮落、社會的黑暗與生命的無望，飽饜欲望之後肉體的狼藉與心靈的荒蕪，跟枕邊風月同樣一覽無遺地呈現在我們眼前。

潘金蓮一再通姦是「渴望被羞辱」？

當潘金蓮想色誘武松不成，被武松扒去衣裳，跪在武大郎靈前時，作者蘭陵笑笑生突然出面，詩曰：「堪悼金蓮誠可憐，衣裳脫去跪靈前。誰知武二持刀殺，只道西門綁腿玩。」就要被宰殺的潘金蓮居然誤以為武松是要跟她玩性遊戲——在〈潘金蓮醉鬧葡萄架〉那一回裡，西門慶就是用潘金蓮的裹腳布把她的兩隻腳綁在葡萄架上，恣意戲耍，可說是兩人最酣暢淋漓的一次性演出。潘金蓮死到臨頭，居然還認為武松已被她誘人的肉體所吸引，而想要跟他來一場「綁腿盤腸大戰」，真是無恥、猖狂到極點。

但佛洛伊德可能不這樣認為。因為「綁腿玩」其實是一種「被虐」的性行為，佛洛伊德一向認為，不少女性之所以一再和人通姦，最後東窗事發，受人唾棄，甚至被開膛剖肚，她們真正要滿足的並非亢進的性欲，而是被羞辱、被虐待的渴望。他更進一步指出，性交是女性在接受男性性器的穿刺，受精是女性的卵子被精子刺破（受損），而月經、妊娠、生產則是讓女性受痛苦的折磨，「受苦與被虐」才是女性的本質，所以，潘金蓮的恬不知恥、寧可受人唾罵也要和男人狗皮倒灶，其實是為了滿足被羞辱、被虐待的渴望。

聽起來的確是一種「深層心理學」，但我想潘金蓮的心靈世界並沒有那麼「深奧」，而作者蘭陵笑笑生的心思也沒有這麼「曲折」，我以為潘金蓮的性滿足少有「被虐」的成分，蘭陵笑笑生的創作另有他的用意。

為何要對《水滸傳》的故事做此改寫？

在前面，我們將潘金蓮當做一個有血有肉的人來加以分析，但事實上，她是由作者蘭陵笑笑生用一堆文字所營造出來的空幻影像。因此，接下來而且也許是更重要的問題是：蘭陵笑笑生為什麼要塑造出這樣的一個人物和如此的一段情節？對此，筆者無法根據作者的生活經驗做特異性的陳述（因為我沒有蘭陵笑笑生個人的傳記資料），而只能做廣泛性的通論。

眾所周知，《金瓶梅》的故事脫胎於《水滸傳》，在《水滸傳》裡，從潘金蓮出場到武松手刃姦夫淫婦，前後不過五個多月的時間，明快而果決。但在《金瓶梅》裡，卻被拉成六七年，武松第一次為兄復仇失敗，自己反而身觸重罪，使潘金蓮和西門慶又過了六七年的快樂日子，而且最後，西門慶也不是被武松捽殺而是自己縱欲過度而死。這種改裝令人想起莎士比亞的《哈姆雷特》。

《哈姆雷特》一劇來自北歐的一個傳奇故事，在原來的傳奇故事裡，克勞底阿斯在一次酒宴裡，當眾拔劍揮殺他的哥哥（國王），並向圍觀的貴族說他之所以這樣做，是為了保護嫂嫂（皇后）免於受哥哥的虐待（有些傳說是克勞底阿斯和皇后私通，但有些則無此說法）。王子哈姆雷特在克服外在的障礙後，立刻毫不猶豫地殺死克勞底阿斯，為父報仇，登上王位。但在莎士比亞的《哈姆雷特》一劇裡，克勞底阿斯不僅和皇后私通，祕密地謀害兄長，而且哈姆雷特在為父報仇的行動中竟顯得遲疑不決。西方的精神分析學家問：「莎士比亞為什麼要做這種改裝？」

現在，筆者不禁也要問：「蘭陵笑笑生為什麼要做這種改裝？他為什麼要嘲弄、挫折與延擱武松的復仇行動？為什麼給西門慶一個good death？」筆者無意硬給蘭陵笑笑生戴上一頂「伊底帕斯情結」的帽子，或說什麼「西門慶所做的事正是蘭陵笑笑生潛意識裡想做而又不敢做的事」。但若如他人所說是為了「情節鋪衍上的需要」、「苦孝」或「戒淫」等，也是令人難以信服的。

讓漢民族的「淫婦原型」顯影

今天，很多人在私底下常會不自覺地說：「某某很像潘金蓮」。潘金蓮事實上已成為我們臧否或類比人物時的一個原型（archetype）象徵，她所代表的正是「淫婦」這種女人。換句話說，蘭陵笑笑生所塑造的「潘金蓮」很生動地反映了漢民族集體潛意識中的「淫婦原型」。一個偉大的藝術家乃是賦予該民族的各種「原型人物」以形貌的人，他們為大家說出了「什麼叫作英雄」、「什麼叫作賢妻」……「什麼叫作淫婦」。

筆者雖然認為《金瓶梅》是一本淫書，但也認為它是一部不錯的藝術作品，它的作者蘭陵笑笑生更是一個偉大的藝術家，這個藝術家之所以要借用《水滸傳》中的題材來加以鋪衍，想做的不是「苦孝」、「戒淫」或「寫黃色小說」，而是嘗試以其敏銳的心思勾畫出漢民族心目中與「性」有關的一些原型。書中這類原型不少，但因限於篇幅，筆者只能提一提跟潘金蓮有關的「淫婦原型」及其相關部分。

不少人認為蘭陵笑笑生筆下的潘金蓮「寫活了淫婦」，「淫婦就是這樣」。筆者在前面已約略提到了此「淫婦」的一些特徵：它包括天生就是淫蕩的、有可資辨識的形體特徵、讓男人一見了就酥、主動勾搭男人、在床上類似一隻饑渴的母獸、恬不知恥、一再地通姦、謀殺親夫、讓男人骨髓枯乾等等。你如果在路上隨便抓一些人來問「什麼叫做淫婦？」他們的回答大抵亦是如此，千百年來沒什麼改變，而古往今來，以蘭陵笑笑生描繪得「最為傳神」（《金瓶梅》中的淫婦不只潘金蓮一個，但又以她「最為出色」）。

中國男人內心深沉的懼怖

蘭陵笑笑生讓武松的復仇行動暫時受挫，並且給西門慶一個「好死」（改成被潘金蓮搞死的），主要的目的也都是為了彰顯潘金蓮的「淫」。在六七年枕邊風月的描繪中，作者除了大量引進同樣深入人心的房中術、胡僧藥、迷信魔法以增加可讀性外，在另一個層面，他卻也亦步亦趨地和他所創造的淫婦做心靈的搏鬥。在這場抽象的肉搏戰裡，作者很明顯地洩露了他或者竟至是大多數中國男子對淫婦、縱欲內心深沉的懼怖。在第一回、潘金蓮還未許配給武大郎前，由張大戶收用，張大戶收用了潘金蓮之後，身上不覺就染了四五件病症：「第一腰便添疼，第二眼便添淚，第三耳便添聾，第四鼻便添涕，第五尿便添滴。」直到第七十九回，作者以其生花妙筆，描寫潘金蓮如何借胡僧藥之助「騎在西門慶身上」、如何「美不可言」、又如何「五換巾帕」，讓讀者看得臉紅心熱之後，西門慶「樂極生悲」終於「精盡繼之以血」！然後作者突然一整衣冠，適時地走出來，詩曰：「二八佳人體似酥，腰間仗劍斬愚夫；雖然不見人頭落，暗裡教君骨髓枯。」醍醐灌頂，讓大家的大腦清醒一下。這種「風月無邊」之後，要大家立刻「回頭是岸」的結構在書中四處可見，而且也是中國古典色情小說的窠臼。這固然與道學假面（persona）有關，但同時亦在傳遞「女人（特別是淫婦）是可怕的！」這個訊息。從現代醫學的眼光來看，頻繁的性行為是既不會「精盡繼之以血」，也不會「暗裡教君骨髓枯」的，但作者（也可能包括多數中國男性）卻主觀地認為會如此，而且大肆渲染，這正表示他們在這方面的懼怖是多麼的盲目而執拗！

潘金蓮的「藥死」武大郎與「淘死」西門慶，都在彰顯淫婦的可怕：淫婦不僅是「丈夫孝服未滿，就嚷著要嫁人」而已，更會把丈夫的靈堂翻做陽臺——在武大郎的喪禮儀式中，潘金蓮竟在房間裡與西門慶幽會；而在西門慶的喪禮儀式中，她又和陳經濟雲雨不歇。「性」與「死」的詭祕結合，讓人不由得想起黑寡婦蜘蛛、血腥瑪麗等令男人顫慄的、陰森而詭異的雌性本質。

打開天窗說亮話

精神分析所關心的是動機的問題，筆者不敏，但對過去的一些專家學者之不喜談《金瓶梅》中的性問題卻也頗能心領神會，因為在中國傳統知識分子生命的文化結構裡，「性」雖有它「擺放」的合適位置，卻沒有「談論」的理想空間。筆者今天是以「醫師」的身分「名正言順」地來談這個問題，所以不必像東吳弄珠客謅些「讀《金瓶梅》而生憐憫之心者菩薩也，生畏懼心者君子也，生歡喜心者小人也，生效法心者乃禽獸耳」這種冠冕堂皇的話；也不必像張竹波般為蘭陵笑笑生「設想」，苦心孤詣地提出「苦孝說」這種怪論。依筆者簡單的心思來看，《金瓶梅》是一本淫書，潘金蓮是一個淫婦；而身為一個藝術家的蘭陵笑笑生當然不會是志在「寫一本黃色小說」而已，他想要描繪的是存在於他內心深處一些模糊而又與人生真諦有關的東西（也就是「原型」）。在勾繪「淫婦原型」的過程中，他自覺或不自覺地表露或者說宣洩了他的性幻想；同時，對他所創造的「淫婦」，在「陽」的一面，他給予公式化的道德譴責，在「陰」的一面，卻也暴露了一般男性對此的懼怖。

薛仁貴與薛丁山：伊底帕斯情結在中國

薛仁貴在山神廟裡現出白虎星原形，薛丁山不知道那就是他父親，而射死了白虎。這正是一種經過改裝的伊底帕斯（恨父戀母）情結。

名為征西二路元帥的薛丁山，卻帶著母親同行，也是他初次要和父親共同生活。在心性發展的時間表上，正是要上演父子衝突的關鍵時刻。

伊底帕斯情結是父系、核心家庭這種社會制度下的特殊產物，應少見於中國傳統的大家庭，但薛丁山的成長環境卻剛好符合這個條件。

薛丁山所娶的三位妻子竇仙童、陳金定、樊梨花，個個勇猛無比，都成了薛丁山替代性的母親，特別是樊梨花更取代了他父親的地位。

梁實秋認為伊底帕斯情結非常荒謬

在梁實秋先生所譯莎士比亞《哈姆雷特》一劇的序文裡，末尾有這樣一句話：「心理分析學派且以哈姆雷特為『兒的婆斯錯綜』之一例，益為荒謬！」他所說「兒的婆斯錯綜」一語，就是現在通用的「伊底帕斯情結」（Oedipus complex）。

精神分析學派的鼻祖佛洛伊德曾說：「很巧的，文學界的三大傑作，索孚克里斯的《伊底帕斯王》，莎士比亞的《哈姆雷特》與杜思妥耶夫斯基的《卡拉馬助夫兄弟們》，都涉及同一個問題——弒父。而且三者的行為動機顯然都是起源於對一個女人的競爭。」佛洛伊德認為，哈姆雷特之所以會對殺死他父親並娶他母親為妻的叔父克勞底阿斯的復仇行動顯得遲疑不決，乃是因為克勞底阿斯的所作所為正是哈姆雷特小時候想做，而現在在潛意識裡仍然想做的事——也就是說，哈姆雷特有想要弒父娶母的「伊底帕斯情結」。

這種觀念也許會讓某些作家感到非常荒謬。佛洛伊德在〈杜思妥耶夫斯基與弒父〉一文裡，在用伊底帕斯情結來解釋《卡拉馬助夫兄弟們》後，附加了一句：「對不熟悉精神分析的讀者而言，這也許是可厭而令人難以接受的，我對此感到抱歉，但我不能改變這些事實。」雖然有很多人還有作家覺得伊底帕斯情結荒謬、可厭，但還是有不少人在提到文學及電影等作品時，總忘不了又會提它一兩句（或者貶損它一兩句），它似乎具有魔術般的神奇魅力。

因令人討厭而產生的吸引力

事實上，很多談伊底帕斯情結的文人可能都誤解了它的意義，他們心中有的也許只是弒父娶母這個模糊的概念；但何以一個模糊的概念會具有如此強大的魔力，讓人談論不休呢？專精語言分析的哲學家維根斯坦（L. Wittgenstein）說得一針見血：「佛洛伊德強調人們不喜於（disinclined）接受他的解釋，但如果一種解釋是人們不喜於接受的，那麼它也很可能是人們喜於（inclined）接受的，這就是佛洛伊德所實際顯示的……這些觀念具有顯著的吸引力。」

維根斯坦用兩句話就對精神分析做了一次漂亮的語言分析，伊底帕斯情結的顯著吸引力也許就在於它的荒謬、可厭。不過在下「荒謬、可厭」的斷語之前，我們最好先了解伊底帕斯情結到底是什麼以及它援用於文學批評上的意義。

本文嘗試以中國通俗文學中的《薛仁貴征東》與《薛丁山征西》為材料（大中國圖書公司出

版），來討論伊底帕斯情結在文學批評中的適用性問題，兼及它在特殊文化與家庭結構的適用性問題，拋磚引玉，希望使國人對伊底帕斯情結能有更進一步的了解。

薛氏父子故事的傳統架構

《薛仁貴征東》與《薛丁山征西》像多數中國傳統的民間故事，充滿了天人兩界的宿命色彩。薛仁貴是白虎星下凡，十五歲才開口說話，「白虎一開口」就剋死了父母。他散盡家財，成了落難的英雄，後來得到千金小姐柳金花慧眼青睞，在破窯成親。時值地穴金龍投胎的蓋蘇文在高麗作亂，紫微星君唐太宗尋訪征遼的應夢賢臣，也就是薛仁貴。但因為張士貴從中作梗，薛仁貴只能以火頭軍的身分屢立戰功，最後白虎鬥金龍，薛仁貴殺死了蓋蘇文，而張士貴也因欺君之罪伏誅。平遼王薛仁貴衣錦還鄉，但陰魂不散的蓋蘇文化作獨角怪物，使薛仁貴誤殺了自己素未謀面的兒子薛丁山。

薛丁山則是天上金童下凡，他在被父親射死後，為王敖老祖所救，在山中學藝七年，救援被困在鎖陽城的唐太宗和薛仁貴。番女樊梨花是天上玉女下凡，其未婚夫楊藩則是披頭五鬼星轉世，因昔日在天庭有金童玉女動了凡心，玉女對披頭五鬼星嫣然一笑，令金童不滿的前塵往事，因此到了人間，樊梨花三擒三放薛丁山，而薛丁山則三娶三棄樊梨花。楊藩在白虎關逼圍薛仁貴，前往救援的薛丁山不幸射死化為白虎的父親。

金童玉女幾經折磨，終於奉旨完婚，樊梨花大破白虎關，義子薛應龍斬殺楊藩，楊藩陰魂則投胎於樊梨花腹中，生下薛剛闖禍，害得薛氏滿門三百餘口被抄斬。

重點在於父子關係與男女關係

在天人兩界的宿命架構裡，我們也許只能說這是一個因果循環、冤冤相報的故事，但如果我們能調節一下焦距，淡化故事中的宿命色彩與戰爭情節，而只突顯其人際關係，則可看出另外兩個主題：父子關係與男女關係。這兩種關係，正是精神分析在分析文學作品時最著重的兩個主題。

經過拆解後的《薛仁貴征東》與《薛丁山征西》有兩條主線：一是薛英（仁貴之父）——薛仁貴——薛丁山——薛剛，此一縱線的父子關係，這三層父子關係有一個共通的特點，就是「衝突與死亡」。另一是薛丁山和他的三位妻子竇仙童、陳金定、樊梨花此一橫向的男女關係，這三個面向的男女關係也有一個共通的特點，就是「女強男弱」。

在進一步分析之前，我們必須換個話題，先弄清楚到底什麼叫作伊底帕斯情結。

伊底帕斯情結的原義

眾所皆知，伊底帕斯是希臘悲劇作家索孚克里斯的《伊底帕斯王》一劇中的主角，他受命運的作弄，被生身父母底比斯城的國王與王后棄於荒野，而由鄰國國王撫養長大。長大後的伊底帕斯離開養父之國，於途中因爭吵而殺死素未謀面的生父萊烏士；並因解答了人面獅身像之謎，而成為底比斯王（取代父親的地位），娶了素不相識的生母約卡士達為妻，生下二男二女。後來底比斯城發生瘟疫，殘酷的真相終於因神諭而揭露，弑父娶母的伊底帕斯自己弄瞎了眼睛（去勢的象徵），離開其家鄉之國。

佛洛伊德認為，伊底帕斯悲劇之所以令人感動，因為裡面有我們的心聲，我們就像被命運撥弄的伊底帕斯，「注定第一個性衝動的對象是自己的母親，而第一個仇恨暴力的對象卻是自己的父親。」（女性則相反，本文以下只談男性的「伊底帕斯情結」，不再注明）這個童年期的願望雖然早已被我們潛抑到潛意識裡，但探究與揭發人性的文學家卻又將它挖掘出來，勾起我們童年時的模糊殘夢，而令人唏噓不已。

性蕾性欲期的魔法思想

事實上，文學作品只是伊底帕斯情結的注腳。佛洛伊德主要是從臨床病例發展出他這套理論的，在有名的小漢斯（little Hans）病例裡，五歲男童漢斯依戀他的母親，在和母親同床睡覺及一起洗澡時，覺得非常快樂；反之，漢斯認為父親是他「強大的情敵」，叫父親走開，希望他死掉。但另一方面，漢斯也畏懼他的父親，深恐父親的報復。有一天，漢斯和母親搭乘馬車出遊，馬車翻覆，漢斯非常驚惶，害怕那匹馬會來咬他，而產生了懼馬症，「怕被馬咬」即是「怕被父親去勢（閹割）」的心理置換作用。

佛洛伊德認為，一個男孩子在心性發展過程中的性蕾性欲期（phallic stage），也就是約兩歲半到六歲間，開始從外界尋找滿足其幼稚性欲的對象，而最可能的對象就是最接近他、最關愛他、幾乎有求必應的母親。因此，這個時期的男童會極度依戀母親，把母親視為他的愛人。但他很快就發現，父親也很接近母親，是和他競爭母親之愛的情敵，於是他變得討厭父親，童稚心靈裡產生希望父親消失的魔法思想。但慢慢抬頭的現實原則又使他體認到，遠比他強壯的父親會對他施以無情的處罰，而其中最可怕的是割除他的禍根——陽具。因為當他玩弄性器時，大人會加以制止，並恫嚇：「你再這樣，我就把你的雞雞割掉！」在去勢焦慮（castration anxiety）下，男童逐漸放棄對母親越分的愛與對父親不當的恨，而轉入潛伏性欲期（latent stage），開始認同於父親，學習社會所認可的男性角色。那一場童稚之愛遂被潛抑到潛意識裡，而難以再在意識層面浮現（也就是說，成年之後經由意識之反思，無法回憶起有過這麼一回事）。

說「弒父娶母」也許是太誇張了，「戀母恨父」則是較寬容也較普遍的說法。

伊底帕斯情結是人類的普同經驗？

佛洛伊德後來又對伊底帕斯情結做了若干修正與擴充，他認為伊底帕斯情結並不一定來自實際的家庭情境或有意識的願望，而是兒童在他所置身的任何人際關係結構——一種類似家庭組合的結構中，所必然有的潛抑觀念。譬如在另一個知名的狼人（The Wolf Man）病例中，病人是一位懼狼的年輕男士，他的父母富有而體弱多病，病人從小就由護士與女僕照顧，他依戀的是這些女人而非母親。這些女人在目睹他玩弄性器取樂時，也都警告過他：「你再這樣，我就把你的雞雞割掉！」不過在病人的幻想中，要來將他去勢的並非這些女人，而是兇惡的父親！

佛洛伊德認為，當一個人的實際經驗與標準的伊底帕斯模式不符時，當事者在自由聯想的回溯時，常會加以重塑，以符合神話的架構，譬如在狼人這個病例裡，母親與女僕的融合，父親取代女僕成為真正的去勢者。

這可能表示人類的種系發生遺產（phylogenetic heritage）勝過個人的偶發經驗。這裡所說的種系發生遺產意指佛洛伊德在《圖騰與禁忌》裡所說的，伊底帕斯情結乃是人類的普同經驗，人類的遠祖可能因為與父親爭奪女人而弒父，在罪惡感的驅迫下，產生神聖圖騰（象徵原始父親）、亂倫禁忌、割包皮儀式（溫和化的「閹割」）等文化設計，這些文化遺產使得一個人在童年裡即使沒有經歷標準的伊底帕斯模式，也會有相類似的情結。

經過改裝的伊底帕斯情結

絕大多數人在成長的過程中，都能成功地將伊底帕斯情結潛抑到潛意識中，但有些人則因生活情境的乖違，譬如過早、過度的性刺激或性創傷、雙親之一的不在或去世、父親過度的懲罰、父母關係的異常等，而使伊底帕斯情結複雜化，沒有獲得合理的解決，在日後即較易衍生出各種問題來。

深埋在記憶深處的伊底帕斯情結，不管是在個人往後的現實生活、夢境、文學作品乃至神話傳說中，都很難再以原始面貌呈現，而有著各種程度的改裝。譬如英國小說家勞倫斯（D. H. Lawrence）熱愛一個強壯的、育有子女的他人之妻（類似母親身分的女人）；古代或神話中的偉人譬如耶穌只有母親、沒有生身父親（父親被抹煞了）；乃至於哈姆雷特對弒父娶母的叔父難以下手等（叔父所做的正是他小時候想做的），都被精神分析學家認為是伊底帕斯情結的變調。即使是真正弒父娶母的伊底帕斯王，其行徑亦被委諸於命運的作弄，而非出於本意。

這些改裝與變調，都只對伊底帕斯情結做局部的顯影，因為我們的意識已不容許它一覽無遺地呈現。有了這些基本認識，將有助於下面的討論。

薛仁貴既是逆子，亦是惡父

從父子關係來看，平遼英雄薛仁貴事實上是個逆子與惡父。他到十五歲尚不會開口說話，在父母五十壽辰前夕，睡夢中見白虎揭帳，嚇得喊聲「不好了！」才得開口，第二天開口向父母拜壽，結果不到幾天，薛英夫婦就相繼病死，所謂「白虎當頭坐，無災必有禍，真白虎開口，無有不死」。在叫死爹娘後，他不事生產，日日呼朋引伴跑馬射箭，「把巨萬家私，田園室宅，弊得乾乾淨淨」。竟至如叫化子般，住在丁山腳下的破窯裡。這乃是標準的逆子行為。

薛仁貴亦是典型的惡父，他對兒子薛丁山無絲毫的養育之恩，在衣錦還鄉時，就莫名奇妙地將他射死。丁山的屍體被黑虎馱走，仁貴也只長歎一聲：「可憐，命該如此。」在事後知道真相，妻子柳金花痛不欲生時，他陪著「落了幾點眼淚」，安慰說：「夫人，不必啼哭，(是)孩兒沒福。」當然，父子素未謀面，薛仁貴甚至早已忘記十三年前離家時，妻子已懷孕的事實，我們也很難要求他對薛丁山能有什麼父子之情。

但在日後征西時，薛仁貴則進一步顯露他惡父的形象。他與唐太宗被困鎖陽城，薛丁山以二路元帥的身分前來救援，在薛丁山以王敖老祖的靈丹醫好他的鑣傷後，他就立刻翻臉，命屬下將丁山推出斬首，原因是薛丁山與竇仙童私自成親，犯了十惡不赦之罪。妻子柳金花及千歲程咬金出面求情，他都全然不恤，到後來非得無上權威唐太宗開金口，他才赦了兒子死罪，但活罪難免，依然將丁山拷打四十銅棍。

日後，薛丁山又因三番兩次違逆父命，不娶樊梨花為妻，而先後被捆打三十荊條、重打三十皮鞭、重打四十，下落監牢。

薛仁貴與薛丁山的父子衝突

表面上看來，薛丁山屢次受罰，都是因為不尊重父親的權威所致，但實際上，薛仁貴的父親權威有著矛盾的內涵。當薛丁山未經父親做主而娶竇仙童時，薛仁貴責他「好色」；但後來薛仁貴卻強迫薛丁山再娶陳金定和樊梨花，一點也沒有「好色」的問題。我們可以說，薛氏父子在征西途中的多番衝突，都是因為女人而引起的。薛丁山因為不聽從父親對女人的安排，而遭受嚴厲的處罰。

有了這個認識，再回過來看薛仁貴在第一次歸鄉途中的誤射薛丁山，可能就具有微妙的象徵意義。當他看到在丁山腳下，與他有著射開口雁同樣絕技的少年時，想起的可能就是昔日的自己。在後來根據原故事改編的民間戲曲裡，有薛仁貴進入破窯，看到床前擺有一雙男靴（薛丁山的靴子)，而懷疑妻子不貞，意欲殺妻的情節。如果不算太過荒謬的話，我們從這些幽微的線索也許可以假設，與母親相依為命的薛丁山，已成為薛仁貴和妻子重聚中的一個障礙，只有這個障礙消失(最少是暫時的消失)，平遼王薛仁貴才能和妻子過太平日子。日後當薛丁山帶著母親西征，母子一起出現在薛仁貴面前時，薛仁貴除了表示不悅外，更開始三番兩次在妻子的面前，為了女人的事情教訓兒子。

薛丁山三位妻子的特徵

薛丁山先後共娶了三位妻子，第一位竇仙童是玉門關外棋盤山上的草寇，乃一名絕色女子，見薛丁山生得「面如敷粉，口若塗朱，兩道秀眉，一雙俊眼」。心生愛慕，遂在沙場上主動求婚：「奴家竇仙童欲與元帥成鳳鸞之交，同往西涼救駕，不知將軍心中如何？」薛丁山不從，竇仙童即拋出捆仙繩，將丁山捆住，押回山寨成親。

第二位妻子陳金定是鎖陽城外以鐵鎚打虎的女英雄，她面貌黑醜，卻孔武有力，當薛丁山被西涼國蘇皇后逼殺得逃入荒山時，見陳金定正在打虎，叫一聲「姊姊救我！」陳金定將死虎朝番后頭上摔去，番后就跌下馬來。薛仁貴見陳金定對子有救命之恩，且是隋朝總兵之後，遂命薛丁山娶她。

第三位妻子樊梨花是寒江關的番女，有沉魚落雁、閉月羞花之貌，移山倒海、撒豆成兵之術。她見薛丁山美如宋玉、貌若潘安，心中十分歡喜，也在戰場上主動求婚：「我父兄雖番將，你若肯從議結婚，我當告知父母，一同西征歸降，你意下如何？」薛丁山當然也是不從，結果被樊梨花三擒三放，玩弄於股掌之上；隨後三次花燭，三次休妻；最後不得不三步一跪，從白虎關跪拜至寒江關，哭活詐死的樊梨花，回營奉旨完婚。

整體說來，這三位妻子不僅個個武藝高強，而且主動進取，相形之下，薛丁山反而顯得有點被動依賴。薛丁山對這三位妻子的第一印象都不太好，他罵竇仙童「不識羞的賤人」；對薛仁貴要硬塞陳金定給他為妻，他抗議：「這使不得的！」他也罵樊梨花是「不知羞恥的賤人」、「番邦淫亂之人」。

薛丁山與母親的關係

薛丁山到底愛不愛這三位妻子呢？要了解薛丁山的人格形貌與情感生活，也許我們應該從他和母親柳金花的關係著手。書中對薛丁山和母親的關係著墨不多，但我們可以想見，在偏僻的丁山腳下、半隔離式的破窯中長大的薛丁山，童年時生活周遭只有三個女人：母親、異卵雙胞胎妹妹薛金蓮以及母親的奶娘。用精神分析的術語來說，薛丁山是在女人堆裡長大的，他缺乏男性角色的認同對象，而涵攝了過多的女性氣質。

另外，在他心性發展過程中，也因為父親不在，依戀母親的性蕾性欲期過度延長，伊底帕斯情結沒有得到合理的解決，原欲（libido）遂固結在那裡。山中學藝七年之後，他到鎖陽城救父，表面上雖然已經二十歲，但帶著母親與妹妹同行的他，卻是初次要和父親共同生活，在心性發展的時間表上，就彷彿是一個稚子與他父親剛剛要上演伊底帕斯式的父子衝突好戲。

在兒子來解圍救難時，薛仁貴也許有意和兒子取得和解。但薛丁山卻像離不開母親的稚子，將柳金花帶到戰場上，而柳金花也袒護兒子：「妾捨不得孩兒遠行，情願相隨。」再加上薛丁山禁不起竇仙童的法術威逼、美色引誘而與之成親，這些都使得做父親的薛仁貴再度被觸怒，而對薛丁山施以去勢（斬首）的威脅。薛仁貴並非在和兒子爭奪女人，而是要薛丁山以父親所允許的方式去和女人（包括母親）打交道，要兒子認同於父親的男性性別角色。

在童年生活裡為薛丁山所過度依戀、且形影龐大的母親柳金花，在父親面前成為六神無主，只會流淚哀求的女人；而被迫娶來的妻子，又個個比自己驍勇善戰，且為這些女人一再和父親衝突，這些因素終於使薛丁山走上了弒父之路。薛仁貴在山神廟裡現出白虎星原形，薛丁山不知道那就是他父親，而射死了白虎。這正是一種經過改裝的伊底帕斯情結。

母親角色被三個勇猛女人所取代

在薛丁山受延擱的家庭三角關係中，母親的角色已被三個勇猛的女人所取代，其中，救他一命、讓他興起負欠感覺的陳金定，象徵好母親；而美豔動人、引誘他成親的竇仙童與樊梨花，則象徵壞母親。薛丁山在這三個女人面前，都猶如幼兒般的軟弱無助。但他對這三個在角色上宛若母親的女人，似乎並未心嚮往之，而是難以接納，因為父親的命運之箭曾對他施以無情的處罰。

樊梨花雖是薛丁山最後進門的妻子，但卻是最重要的妻子，這不僅是她在故事裡著墨最多，更因為她具有如下特殊的心理象徵意義：一、樊梨花與薛丁山的親事歷經重重的波折與考驗；二、樊梨花是薛丁山在弒父之後，才正式成親的妻子；三、薛丁山在與樊梨花洞房花燭之後，一路照顧薛丁山的母親柳金花才宣布退席，返回故鄉。

樊梨花是故事中最美豔、本領最高強、但也是最有爭議的女子，她背叛未婚夫、弒父殺兄，而且認了一個年齡與自己相若的義子，乃是薛丁山眼中的「美女」，口中的「賤婢」，心中的「淫婦」。當薛丁山第一次目睹樊梨花的姿容時，心中讚美不已，旋即轉念「家有二妻，此心休生」。更何況自己和任何女人的關係，都必須經過父親的允許。在樊梨花像母親逗小孩般，將薛丁山三擒三放後，薛仁貴基於現實的考慮，要兒子娶樊梨花為妻，薛丁山雖然抗拒，但並不堅持，他對樊梨花的感情可以說是矛盾的。

第一次洞房花燭夜，薛丁山因樊梨花弒父兄而欲殺之；第二次花燭，薛丁山以同樣的理由拒入洞房；第三次則因為樊梨花認了不明不白的義子薛應龍，而欲殺她們母子。這兩大理由，在旁人眼中都是「順應天朝」的表現，並無大礙，但卻是薛丁山心中的大疙瘩，我們有特別加以討論的必要。

樊梨花——取代母親與父親地位的女人

主動進取的樊梨花，為婚事與父親發生爭執，不慎刺死父親，接著一不做二不休，連殺二兄，這種行為令薛丁山感到憤怒與懼怖：「少不得我的性命，也遭汝手。」、「見我俊秀，就把父兄殺死，招我為夫，是一個愛風流的賤婢。」被父親權威壓得喘不過氣來的薛丁山，面對此一猖狂的引誘者，之所以如此憤怒與懼怖，可能表示他潛意識中的掙扎，因為不久，他終於也走上弒父之路；此時，他只能以厭惡來做自我防衛。

樊梨花收薛應龍為義子，橫生枝節，但卻頗有性的曖昧性。薛應龍原是垂涎樊梨花的美色：「嬌嬌妳果有手段，我拜你為母；若輸了我，你要做我的妻子。」在打敗薛應龍之後，樊梨花居然大大方方地收了這個對自己有性企圖的兒子。難怪薛丁山在洞房花燭夜要疑心：「見我幾次將她休棄，她又別結私情，與應龍假稱母子。」接著逼問梨花：「賤人還說沒過犯，我問你，他年紀與你差不多，假稱母子，我這樣臭名，那裡當得起。」薛丁山的想法可以說是一個陷在伊底帕斯困境中的人的外射作用：兩個人表面上母子相稱，但背地裡可能有不明不白的瓜葛。

薛丁山寧死不娶樊梨花，可以說是對父親薛仁貴的強烈抗議：父親遠征歸來，不分青紅皂白就將與母親相依為命的他射死；見他娶了誘逼他成親的竇仙童，又不分青紅皂白地要將他斬首。如今，父親卻命令他娶這樣一個勾起自己童年殘夢的女人！

薛丁山最後和樊梨花成就美滿姻緣，是在他誤射幻成白虎的父親之後，而母親也以扶柩歸鄉為由讓出位置來。此一父死母退的安排極具象徵意義，薛丁山並非取代父親的地位，升任征西大元帥的是樊梨花，薛丁山只是帥府參將，「帳前聽用」。從精神分析的觀點來看，在私底下，樊梨花是薛丁山替代性的母親；在公開場合，則是他替代性的父親。他自始至終，都無法成為一個真正成熟的男人。

薛氏父子衝突的緩解

從做兒子的觀點來看，薛仁貴、薛丁山、薛剛三代都是逆子：薛仁貴因說話傷父害母，散盡家財；薛丁山屢次違抗父命，並射死父親；薛剛則因酗酒鬧事，間接害死父親。在重視孝道的中國社會裡，編故事者以上蒼的安排、命運的作弄來呈現這些嚴重的忤逆行為，而且明白交代逆子亦受逆子的報應，這也許是為了淡化它的衝擊性，逃避意識的檢查，但它仍為我們勾勒出緩和父子衝突的一個可能途徑。

薛仁貴既是逆子，又是惡父，他在丁山腳下發箭射死自己的兒子。被王敖老祖救活的薛丁山，則在藝成之後到鎖陽城救父（及皇帝）。佛洛伊德會指出，拯救父親及國王之所以會成為許多詩歌及小說的題材，因為它是兒子在父子衝突中維持其自尊的一種方式。兒子好像在心裡說：「我並不想從父親那裡得到什麼，他給我什麼，我就還給他。」救父親一命等於償還了對他生命的負欠，這種拯救，保護自尊的成分要重於感恩的柔情。事實上，薛丁山對救父的行動原先表現得並不積極，當王敖老祖告訴他父君被困，要他前往救援時，薛丁山的回答是：「弟子情願在山上修道，學長生之法。」因此，我們若說薛丁山的救父乃是表示兒子在償還父親生命的負欠，應該不至於太過荒唐才對。

薛丁山的弒父，就像薛仁貴的殺子一樣，被安排成無心之過，這固然可以說是一報還一報，但如同前面所分析的，它們亦代表心性發展過程中，伊底帕斯式父子衝突的重演：父親懲罰依戀母親的兒子，而兒子則希望從中作梗的父親死掉。

弒父之後的薛丁山，罪孽深重，也成了名副其實的逆子。但他以兩種方式來彌補他的罪惡：一是他開始做一個好父親，對四個兒子都相當友善（有趣的是薛丁山四個兒子的名字的分別是薛勇、薛猛、薛剛、薛強，而「勇猛剛強」正是薛丁山身為一個男人所缺乏的「心理特質」），即使薛剛吃酒生事，他也只是擔心，而未見嚴厲的懲罰。一是在薛剛闖禍後，欽差來拿薛丁山全家時，薛丁山束手就縛；當時陳金定曾勸說：「我們反了罷！」但薛丁山不從。薛剛雖是逆子，但薛丁山卻不願再做惡父，而寧可從容就死以彌補自己也是逆子的罪過。事實上，被他這個父親懷疑與樊梨花有親密關係的義子薛應龍，等於是他的替身，已在戰場上被擊為肉餅。最後，薛剛三掃鐵丘墳（埋葬薛氏滿門的墳地），向父親悔過，打破了父子衝突的惡性循環。

產生伊底帕斯情結的社會條件

在以精神分析觀點對薛氏父子的傳奇故事做如上的分析後，我們馬上就又面臨了下面兩個問題：一、伊底帕斯情結適用於中國文化嗎？二、由一堆文字堆砌而成的虛構人物薛丁山，真的有伊底帕斯情結嗎？

如前所述，佛洛伊德認為伊底帕斯情結具有文化上的普遍性，它是人類種系發生的遺產。但這種看法可能稍嫌武斷，一些左翼的精神分析學家如瑞克（W. Reich）、列因（R. D. Laing）等人，因受馬克思主義的影響，傾向於從社會經濟及家庭結構方面來看這個問題，而認為即使有伊底帕斯情結，那也是父系——資本主義社會——核心家庭這種制度下的特殊產物，譬如瑞克就說在父系資本主義社會下，父親是權威人物，白天外出工作，留下妻子在家照顧兒女。大多數家庭生活困苦，全家擠睡在一間斗室內（指十九世紀及二十世紀初年的景況），夫妻喪失了他們正常的私生活，欲求不滿的妻子遂轉而去關注自己的兒子，在摟抱憐愛中對失去的夫妻關係做一種悲哀的模仿。年幼的兒子沉醉在母親的柔情中，但他終將發現這種情感是社會所禁止的，在鼓勵與禁止的衝突中，兒子遂陷入伊底帕斯情結的困境中。小說家勞倫斯與他母親的關係正具有這樣的特點，他的長篇小說《兒子與情人》就在描寫這樣的母子關係。

一些人類學的調查研究，也為伊底帕斯情結的普遍性打上個大問號。譬如馬林諾斯基（B. Malinowski）所調查的南太平洋托布倫島人（Trobriand islanders），他們的家庭接近於母系社會的結構，而且不像文明社會有那麼多性禁制，兒童的性探索及性行為不僅不受禁止，甚至受到鼓勵，雖然他們也有亂倫禁忌，但卻少有佛洛伊德所說的伊底帕斯情結及精神官能症。托布倫人兒子生活中的權威人物並非父親，而是母舅；兒子反抗的也是母舅而非父親，有趣的是，如果兒子做了類似伊底帕斯式的夢，那麼在夢中出現的敵手也是母舅，而非佛洛伊德所說的會自動調整成父親。

薛丁山個人特殊的成長環境

晚近的精神分析學家已用較具彈性的尺度來賦予伊底帕斯情結以新義，基本上認為它可能存在，但卻因人而異，而它也絕非什麼科學的真理。如果我們能採納這種觀點，那麼對伊底帕斯情結能否適用於中國文化就可以有更清晰的思考方向。大體而言，在中國過去的官宦之家或上流階級，兒子與母親的關係並不是很親密，兒子通常是由奶媽哺乳、帶大，他跟母親維持的是「晨昏定省」的禮節，這樣的母子關係顯然不是產生伊底帕斯情結的理想溫床。但從薛氏父子傳奇故事的內在結構與內在邏輯來看，薛仁貴長年征戰在外，薛丁山與母親柳金花在破窯裡相依為命，這倒是頗為符合誘發伊底帕斯情結的父系社會核心家庭情境的。

但薛丁山畢竟是個虛構的人物，像前文這樣把他當作一個活生生的人，大談他的童年生活、他的性角色認同、他的愛與恨、還有他的伊底帕斯情結，不是很荒謬嗎？精神分析基本上認為，文學作品中的角色乃是作家豐饒心靈與敏銳洞察力的外射，而作家又是讀者乃至社會大眾心靈的代言人，因此，分析故事中諸角色的心靈，等於是在嘗試勾繪出作家及讀者的心靈樣貌。質問「薛丁山真的有伊底帕斯情結嗎？」也等於是在問：「我們的成長過程如果跟薛丁山類似，是否會有類似薛丁山這種恨父戀母的階段？我們對薛丁山的遭遇，是否能有發自內心的一種同情的了解？」

當然，筆者所能提供的並非科學真相式的分析，而是哲學意義式的解釋，這也是當今以精神分析來從事文學批評工作時的主要功能，它要提供的是人類心靈樣貌的豐富與感動，而非診斷與治療。

從《末代皇帝》想到的幾句感言

筆者以精神分析學說來詮釋此類的中國古典小說或民間故事，基本上是想開另一扇窗，豐富中國古典文學的內涵。就像貝托魯奇（B. Bertolucci）將伊底帕斯情結引進電影《末代皇帝》中，以詮釋溥儀人生悲劇性的一面般，是為了增加感動，而非製造荒謬（但貝托魯奇也意味深長地告訴我們，溥儀伊底帕斯情結對象是他的奶媽，而非生母）。雖然它多少是從西方的悲劇觀點來敘述，但如果我們能借他山之石以攻錯，用西方的理論架構來拆解、詮釋中國的古典小說，我們就不難發現，裡面其實也有著與西方一樣，甚至更深邃的悲劇內涵。

眾神喧譁：
《封神榜》中的魔法與命運

《封神榜》跟描述希臘早期歷史的《伊里亞德》類似，裡面充滿了「諸神的聲音與爭辯」，這些聲音與爭辯，其實就是自我意識的投影。

神仙和妖怪所具有的法寶與法術，乃是來自企圖利用控制心理作用的定律來操縱真實事物的魔法思想。

「一則成湯合滅，二則周國當興，三則神仙遭逢大劫，四則姜子牙合受人間富貴。」國家與個人的命運冥冥中已有定數，是全書最固實的骨架。

「本質先於存在」與「不可違逆」的命運觀，是一種右傾的意識形態，它傾向於強調社會規範與維持既有體制，在傳統中國得到了孳生的沃土。

《封神榜》的歷史位階

在中國的歷史演義小說裡，《封神榜》是相當突出的一部，也是筆者少年時代最早接觸、最沉迷於其中的野史之一。當時因童心未泯兼且閱歷有限，覺得《封神榜》比《三國演義》有趣多了。以傳統的文學品味來衡量，《三國演義》與《封神榜》當然有著天壤之別，《封神榜》不僅文字拙劣、漏洞百出（譬如在第一回裡，紂王就用「毛筆」在女媧廟「題詩」），更涉神怪，令鴻儒搖頭，碩彥皺眉，有識之士不忍卒讀。但《封神榜》與《三國演義》同為野史小說，這種根據正史來演義、終至偏離正史的說部，其文句是否典雅、結構與內在邏輯是否嚴謹，恐怕都是次要的問題。它更重要的目的，似乎是在揭示庶民階級對朝代興亡及人世滄桑的一些看法。本文即嘗試從這個角度來剖析《封神榜》。

庶民階級對朝代興亡及人世滄桑的看法，有其不變的本質，也有進化的形貌。《封神榜》跟《三國演義》及大多數流傳至今的演義小說一樣，都是成書於元末及明代的兩三百年間，但它們訴說的卻是綿延兩千多年的歷史。同一時代的作者走進不同階段的歷史中，嘗試捕捉不同時空下的人事與觀念，歷史的結構是大家所共認的唯一參考座標，但他們所用的除了故事中人物應有的歷史位階外，還有作者個人的心靈位階。

在依歷史位階而重新排列的歷史演義小說中，《封神榜》的排名即使不是第一，也是第二的。做為民間中國歷史的龍頭，它所描述的不僅是「人間的興亡與干戈」，還包括「諸神的爭吵與傾軋」，兩者雜然並陳，也因此而常被視為是神怪小說。

符合歷史的心靈位階

但神話乃是最早的歷史。描述希臘早期歷史的《伊里亞德》史詩，裡面同樣充滿「諸神的聲音」。當然，《伊里亞德》的成書最早部分可溯自西元前十一世紀；《封神榜》說的雖是西元前十一世紀的中國歷史，但卻成書於西元十五、十六世紀。我們很難說它是作者刻意對歷史的回歸，真要回歸歷史，書中就不應出現文房四寶這類東西。因此，除了客觀的歷史位階外，還需考慮作者心靈位階的問題。

同一時代中的不同族群，有著不同的心靈位階。在十六世紀，當歐洲人進入理性意識時期時，澳洲的土人仍處於無意識狀態，而美洲的阿茲特克人似乎還在夢遊狀態中。同一個社會中的不同人，也有不同的心靈位階，拿《三國演義》的作者羅貫中和《封神榜》的作者陸西星來做個比較，從這兩本書的用詞遣字、內在邏輯觀之，我們可以發現陸西星的思想、情感、才情與見識等，似乎都不如羅貫中，亦即陸西星的心靈位階較低，其意識恐怕是處於較拙樸的狀態。這種拙樸的心靈中殘存著遠古時代的神怪、魔法、命運等超自然的觀念。

因此，從人類意識與思想發展史的觀點來看，陸西星剛好歪打正著，他讓神力介入商紂與周武的爭霸中，比起聰明的現代人讓愛情介入夫差與西施的生活中，是更符合歷史寫實主義的。他花大量的筆墨來描述神怪、魔法與命運，可以說是「忠實」地呈現了西元前十一世紀的歷史真貌。

部落的衝突與諸神的爭辯

研究意識發展史的傑尼斯（J. Jaynes）指出，自我意識——即曉得「我乃是以自己的思想和情感而成為一個獨特個體」的想法，其出現的歷史比埃及金字塔還要短。在歷史文明的嬰兒期，人類的自我意識尚未成熟，浮現於腦中的想法往往被解釋成是「神的聲音」，而部落間的衝突也很自然地被認為是「諸神間的爭辯」。如果我們能站在此一歷史位階與心靈位階上來重看《封神榜》，也許可對它產生較深刻的理解。

《封神榜》說的雖是紂王荒淫無道、姬發弔民伐罪、滅商興周的一段歷史，但卻以紂王至女媧宮進香，瞥見帳幔中現出女媧的美麗聖像，「神魂飄蕩，陡起淫心」。作詩褻瀆神明，「獲罪於神聖」，女媧怒而指派「軒轅墳中三妖」（附身於蘇妲己身上的九尾狐狸精即是其中之一）惑亂宮廷來拉開序幕的。神力在一開始就介入了這場紛爭。

接下來的是眾神喧譁、中原鼎沸。在人間，殷商與西周由小規模的衝突而終至爆發大戰；在天上，則是截教與闡教的時生齟齬而彼此撕破臉的對決。截教支持殷商，而闡教則輔佐西周，兩教紛紛派遣高人下山助陣。事實上，殷商與西周打的乃是截教與闡教間的「代理性戰爭」，人間干戈的擴大乃是這些神仙「犯了一千五百年的殺戒」、「諸神欲討封號」。

自我意識與「神的聲音」

除了部落間的衝突外，個人自我意識的衝突也被視為是「諸神間的爭辯」。譬如紂王的兩個兒子殷郊、殷洪，因妲己害死他們的母親姜皇后，怒而反抗，紂王欲將他們處死，結果被廣成子、赤精子救上仙山學藝。殷洪要下山時，赤精子送他寶物，囑咐說：「武王乃仁聖之君，弔民伐罪，將滅獨夫於牧野，你可即下山，助子牙一臂之力。」但在途中遇到赤精子師弟申公豹，背叛闡教的申公豹又唆使他：「你乃成湯苗裔，雖紂王無道，無子伐父之理，況百年之後，誰為繼嗣之人？」殷洪遂被申公豹一番言語「說動其心」，改而投奔殷商陣營。助周滅商以報殺母之仇與助商滅周以維宗廟社稷是殷洪心中的天人交戰，這種「自我意識的衝突」在故事裡被描述成兩位仙人對他的指點與教誨。就像《伊里亞德》中的阿基里斯（Achilles），一個神要他答應不參戰，另一個神卻催促他上戰場般，「兩個神明的聲音與遊說」其實代表的是古人「兩個內在聲音（想法）的矛盾與衝突」。

人有善惡之分，神也有正邪之別，以通天教主為首的截教是邪，商紂是惡；而以太上老君及元始天尊為首的闡教是正，周武王是善。這場天上人間的正邪衝突與善惡相爭，其結局自不待言。值得注意的是在商紂滅亡、周武王登基（被推為共主）後，「勅書封神」與「裂土封侯」是相互平行的兩件大事（第九十九回〈姜子牙歸國封神〉與第一百回〈武王封列國諸侯〉）。周武王對生者論功行賞，以之保疆衛土；姜子牙則對死者（包括神仙及凡人）依品封誥，用以護國安民。「神仙人鬼從今定，不使朝朝墮草萊」，此後神仙即退居幕後，不再直接參與人間的爭端。《封神榜》之後的演義小說，如《東周列國志》、《西漢演義》等，神仙已很少再出現，即使有也是神龍見首不見尾，成為一個旁觀者。繼《伊里亞德》之後的希臘史詩《奧德賽》也有這種現象，我們可以說，它象徵著人類自我意識發展史上的一個重要分水嶺。越過這個分水嶺，人類即開始以他日漸成熟的自我意識，從事自我認同與自我追尋的旅程。

「封神」代表的其實是「封而遣之」，此後諸神對國家興亡與人世滄桑只是名譽顧問，不再具有實權。

惑人的血肉：魔法

在以人類意識發展史的觀點重新賦予《封神榜》一個生命後，接下來就讓我們來剖析它的血肉和骨架。做個牽強的比喻，筆者覺得魔法好像它惑人的血肉，而命運則恰似它固實的骨架。筆者少年時代讀《封神榜》，驚駭於它惑人的血肉，覺得它是個鮮活的魔法故事；現今重讀，卻已懍然於它那固實的骨架，認為它其實是個沉鬱的命運故事。但不管是魔法或命運，都和神仙有關，我們就先從魔法談起。

在《封神榜》裡，有兩種人具有魔法，一是神仙和妖怪，一是這些神妖的門徒。魔法粗略可分為以下兩大類：

一是法寶，指的是由人操作而具有神奇力量的器物，譬如姜子牙的打神鞭、哪吒的乾坤圈、魔家四將的混天傘、土行孫的捆仙繩、殷郊的番天印、赤精子的太極圖和元始天尊的三寶玉如意等。這些法寶原都藏在名山洞府，是神仙的所有物，經由輾轉贈借，而出現在戰場上。法寶雖多，反映的卻是「異人而後有異寶」此一單純的傳統信念。這些法寶就像阿拉丁神燈及其中的巨人，當擁有者念動真言後，就會變大，並受主人遙控，隨他的意志而行動。但無生命的法寶顯然只具有魔性而無靈性，它是不念舊的，譬如殷郊的番天印原為其師廣成子所贈，但當殷郊違背師訓，投奔商紂陣營時，廣成子下山教訓弟子，殷郊祭起番天印，番天印即對廣成子照打不誤，廣成子著慌，只能借縱地金光法逃走。

另一是法術，指的是由人施為而具有神奇力量的技術。譬如殷商大將張桂芳具有一種法術，在兩軍交兵會戰時，他口呼「某某不下馬更待何時！」某某即乖乖下馬，束手就擒；黃飛虎和周紀都是這樣身不由己，跌下馬來。借草人施法，則是大家所熟知的另一種法術。在第四十四回，殷商陣營裡的截教門人姚斌，在落魂陣裡「設一香案，臺上紮一草人，草人身上寫姜尚的名字；

草人頭上點三盞燈（催魂燈）足下點七盞燈（促魄燈）」。姚斌每天在其中披髮仗劍，步罡念咒，「連拜了三四日，就把子牙拜得顛三倒四，坐臥不安」。

而到了第四十九回，西周陣營裡的闡教門人也以其人之道還治其人之身，姜子牙在陸壓的指導下，也在營內築台紮一草人，上書「趙公明」三字，作法二十一日後，以三支桃箭分射草人雙目及心臟，趙公明即「死於成湯營裡」。這些法術儘管詭異，反映的也是「異人而後有異術」的傳統信念。

魔法思想：來自心理因果律的意圖

神仙和凡人不同的地方，是他們有這些法寶和法術，凡人鬥力，仙人則鬥法。如果我們說，「諸神的聲音」代表的是人類意識發展史上尚未成熟的自我意識；那麼「諸神的法寶和法術」代表的則是人類思想發展史上較為原始的魔法思想。

人類學家泰勒（E. B. Taylor）說，「魔法原則」是「對一件真實事物的錯誤聯想」；另一位人類學家弗萊澤（J. Frazer）更進一步指出，「魔法的本質」是「人們將自己的理想次序誤認為即是自然界的次序，於是幻想經由他們思想的作用即能夠對外在事物做有效的控制」。精神分析學家佛洛伊德則從心理學的觀點說，「魔法的意圖」是「企圖利用控制心理作用的定律來操縱真實事物」。

《封神榜》裡的法寶和法術，正具有這樣的原則、本質和意圖。譬如土行孫所用的捆仙繩，平時藏在懷裡，看來只是一條普通的繩子；但只要念動真言，祭起空中，經由「思想的作用」，就能對它做「有效的控制」，捆仙繩會飛、會變長變粗，如影隨形直至捆住對方。繩子雖可以捆人，但只要將它拋出，它就能自動捆住對方，卻是一種「錯誤的聯想」。

「草人法術」也如出一轍：用草紮成一個與人相似的形狀，上面標識出敵人的特徵，譬如名字、生辰等，然後作法，以殘暴的方式對待草人，則對草人某一部位的傷害，就會如數地發生在敵人身上。姜子牙用桃箭去射草人的左眼，成湯營裡的趙公明就大叫一聲，把左眼閉了。

依然殘存於心靈深處

這種魔法思想至今仍普遍存在於蠻荒的原始部落裡，甚至當今的台灣地區還有它的殘跡。法國小說家紀德在他的《剛果紀行》裡說，當地黑人認為自己的名字具有神祕的本質，凡生病的人在痊癒以後就必須改名，表示生病的那個人已經死了，現在活著的則是健康的「新人」。有一位行政官不知道這種風俗，某天到某村查戶口，他用原來的名字叫喚一個女人，那個女人聽到自己的舊名字，忽然同死了一般倒在地上。因恐怖而嚇昏的她，好幾個鐘頭後才醒過來。這與張桂芳呼叫「某某不下馬來更待何時！」簡直是半斤八兩。

在台灣傳統的「收驚」（收魂）儀式裡，除了需準備病人日常穿著的「衣衫」外，還要紮個「草人」做病人的替身，然後由法師作法，將病人四處飄蕩的魂魄收回依附於草人身上，再將魂魄「灌進」病人體內。這種儀式跟姚斌與姜子牙對「草人」施法，雖然目的不同，但卻來自同樣的思維。

佛洛伊德認為，「藝術是最後的魔法」。在小說裡，作者操縱文字，寫出自己或大家想望的情事來。《封神榜》可以說是以魔法來呈現魔法思想的一本書，但這種魔法思想並未像諸神一般在後期的演義小說裡消失（《三國演義》裡的諸葛亮和《大明演義》裡的劉伯溫，仍然具有某些魔法），顯然它是一種比神仙更根深柢固的觀念。

固實的骨架：命運

在《封神榜》裡，命運是比魔法更深刻的一個主題。命運也可分為兩大類，一是國家的命運，一是個人的命運：

商朝為什麼會滅亡？《封神榜》雖也花了不少篇幅來描述紂王荒淫無道、眾叛親離等情事，但這似乎只是表象的原因。更實質的原因則是「成湯大數已去」，亦即在書中一再透過神仙之口所說出的：「一則是成湯合滅，二則是周國當興，三則是神仙遭逢大劫，四則是姜子牙合受人間富貴，五則是諸神欲討封號。」位階較高的神仙還一眼就看出此一「天數」的「細部計畫」：譬如女媧娘娘被紅光擋住雲路，「因往下一看，知紂王尚有二十八年氣運」。而雲中子也在朝歌宮牆上題了一首預言詩：「要知血染朝歌，戊午歲中甲子。」

國家的命運如此，個人的命運亦復如是。姜子牙欲下山時，元始天尊送他八句鈐偈：「二十年來窘迫聯，耐心守分且安然。磻溪石上垂竿釣，自有高明訪子賢。輔佐聖君為相父，九三拜將握兵權。諸侯會合逢戊甲，九八封神又四年。」結果分毫不爽。文王姬昌也善於用易經占卜，當紂王召他速赴都城時，「起一易課」，即知此去「多凶少吉，縱不致損身，該有七年大難」。到了朝歌後，他替費仲、尤渾兩位奸臣算命，說他們「死得蹊蹊蹺蹺，古古怪怪」、「被雪水渰身，凍在冰內而死」結果也都一一應驗。其他如聞太師的命喪絕龍嶺，土行孫與鄧嬋玉的繫足之緣等，舉凡個人的生死禍福、際遇窮達、婚姻錢財等等均屬「前定」的說詞，在《封神榜》裡可說是罄竹難書。

自然因果律與心理因果律

以命運來解釋朝代的興衰與個人的際遇，可以說是一種心理因果律的運用。人類對宇宙萬象的解釋，有兩種方法：一是自然因果律，亦即現代人所熟知的科學觀點；另一則是心理因果律，它是指利用兩件事物間的象徵意義，在心裡產生一個理想的次序，並認為此一理想的次序即是自然的次序。譬如認為一個人五官的結構或掌紋的結構反映他生命的結構或婚姻的結構等。古人常以心理因果律來解釋自然與人事，而文明的進展即是心理因果律（超自然的觀點）逐漸讓位給自然因果律（科學觀點）的歷史。

但自然因果律有它的漏洞，譬如在中國歷史上比紂王更荒淫無道的昏君所在多有，但卻不見得會亡國；像姜子牙這樣才德兼備的高人也所在多有，但卻很少像他這樣蹉跎青春的。為什麼商紂會在「戊午歲中甲子」亡國？為什麼姜子牙會在九十三歲才拜將？顯然還有別的原因——那就是老天的意旨、天數、命運。這種推論雖純屬心理作業，但卻使很多宇宙及人事上的疑難迎刃而解。這也是心靈拙樸的庶民階級慣用的解釋模式，它大量出現於《封神榜》這種小說中，是一點也不足為奇的。

誰能窺探天機？

但命運是個很複雜的問題，國家的命運與個人的命運相因相成，自己的命運又和他人的命運相生相剋，彼此糾纏成一個極為龐雜的網路；或者說是一個至大無形的天機，一般人根本就摸不著邊。不過有一類人卻得以窺探天機，譬如姜子牙、聞太師、姬昌、雲中子、元始天尊、太上老君等，而他們窺探天機的模式與程度正反映了「真人而後有真知」的傳統信念。姜子牙、聞太師與姬昌等「半神半人」或「半聖半人」者，只能借占卜來窺探天機，而且他們所探得的是層次較低的人間小休咎；譬如姬昌雖知道自己有「七年之難」，卻不能參透滅紂而王天下的就是他的兒子姬發這種大事。神仙則是未卜先知的，而且技高一籌，像女媧娘娘一眼就看出「紂王還有二十八年氣運」。

對命運或天機的參透力，反映了一個人超凡入聖的程度；更高層次的天機，只有更超凡入聖者才能參透。但最重要的是要獲得有關命運的「真知」，不管是全部的知識或局部的知識，他必須先是個「真人」。這也是為什麼現代人寧可花更多錢，讓看起來仙風道骨的命相師算命，而不願意讓根據同一原理做成程式的電腦算命的原因。

關於命運的一場爭辯

命運是不可違逆的。女媧娘娘在紂王題詩褻瀆後，憤而前往朝歌欲興師問罪，但被紅光擋道，在知道紂王「尚有二十八年氣運」後，「不敢造次，暫行回宮，心中不悅」。截教的通天教主明知「成湯合滅，周國當興」，卻因受激而助商伐周，逆天而行，結果門人俱遭屠戮。過慣閒雲野鶴生活的姜子牙原本不欲下山，元始天尊板起臉孔教訓他：「你命緣如此，必聽於天，豈得違拗？」

在西周大軍東征前夕，清虛道德真君知道愛徒黃天化命運不長，面帶絕氣，但卻不敢說破，心中不忍，只能對他說一些暗藏玄機的偈語，希望他能避開厄運；無奈天命難違，黃天化還是身不由己地奔向他的絕命之所。

第十一回〈羑里城囚西伯侯〉一節，可以說是一場有關命運的大爭辯。文王在應紂王之召前往朝歌前，自己卜知「將有七年之難」，一路謹言慎行；紂王本欲放他歸國，誰知在歸國前夕與費仲、尤渾縱飲，稍為鬆懈，而洩露了費、尤兩人「冰凍而死」及紂王「不能善終」的天機。第二天醒來，「自覺酒後失言」，認為「吾演數中，七年災，為何平安而返？必是此間失言，致有是非，定然惹起事來」。縱馬欲行，卻被紂王聖旨攔下。

紂王指著姬昌的鼻子說：「你道朕不得善終，自誇能壽終正寢……朕先教你天數不驗，不能善終！」傳旨欲將姬昌推出午門梟首，但卻被眾臣攔阻，要求先來個「實驗」：命姬昌當眾「演目下凶吉」，「如準，可赦姬昌；如不準，則坐以捏造妖言之罪」。於是姬昌取金錢一幌，卜出「明日正午時太廟失火」，紂王將姬昌暫下囹圄，並傳旨太廟守官仔細防範，亦不必焚香。結果到了明日午時，「只聽空中霹靂一聲，太廟火起」。眾人大驚，紂王無奈說：「昌數果應，赦其死罪，不赦歸國；暫居羑里，待國事安寧，方許歸國。」於是姬昌在羑里被囚了七年，應了他對自己命運的預卜。

右傾意識形態的命運觀

這場命運的大爭辯告訴我們，人算不如天算。就像陸西星在書中的旁白：「老天已定興衰事，算不由人枉自謀。」為什麼命運難以違拗呢？這雖然只是陸西星乃至廣大庶民階級的想法，但卻反映了一種消極、保守的意識形態。一個人在此塵世的窮達榮辱、生死禍福、乃至一飲一啄，「率皆前定」；個人的「存在」只是顯現命運的「本質」而已。我們可以發現，這是一種「本質先於存在」的哲學觀（二十世紀的存在主義剛好相反，是「存在先於本質」的）。而前節所說的「異人而後有異術」、「真人而後有真知」，也都是「本質先於存在」的（你要先具有「真人」的本質，然後你說出來的話就是「真知」），它們前後呼應，形成一個牢固的哲學網路。

照普林斯頓大學湯姆金斯教授（S. Tomkins）的分類，「本質先於存在」乃是一種「右派」的哲學觀；有著右傾的意識形態，它傾向於強調社會規範與維持既有體制。如果大家都認命，做皇帝的繼續做皇帝，當順民的繼續當順民；作威作福是命，受剝削凌辱也是命，大家各守本分，天下自然太平無事。

《封神榜》說的雖是武王滅紂，「顛覆既有體制」的故事，但這絕非「革命」，而是順應「老天的意旨」。因為商紂氣數已盡，而武王乃是真命天子（又是一種「本質先於存在」的觀念）。因此，整本書所涉及的命運問題，可以說是利用心理因果律來維繫既有的社會體制，最少有維繫明朝既有體制的功能（在演義小說裡，朱元璋正是一個奉天承運的真命天子）。但此一功能可能不是作者陸西星刻意為之的，而是在古老中國這個君權至上的超穩定結構裡，不可違逆的命運觀得到它滋生蔓延的沃土，《封神榜》只是從這片沃土中長出的一朵奇葩而已！

一個文字魔法師的命運

剖析到最後，《封神榜》中的眾神喧譁、魔法與命運，竟變成一個涉及意識形態的大問題，這實在是數天前筆者重讀《封神榜》時始料未及的。我無法像《封神榜》中的神聖，在未下筆前，就已參透出本文命定的結構，所以寫來東拉西扯，蕪雜異常；但做為一個文字魔法師，筆者最大的心願是嘗試以自己現在的心靈位階去重新詮釋少年時代所迷戀的某些古籍，賦予它們以新貌。

《封神榜》是先人所留下來的文化遺產，一般人常從文學觀點來衡量它，覺得它沒有什麼價值，因此也一直難登大雅之堂。面對這樣的文化遺產，我們若不想拋棄它，就必須從文學以外的觀點來詮釋它，豐繁它的樣貌。筆者是文學界周邊的撿破爛者，安分守己地做這種工作恐怕就是我的命運吧！

色情烏托邦的反思：《肉蒲團》的醫學與心理學觀

以科學事實來檢驗《肉蒲團》的文學想像，我們發現它最嚴重的色情幻想是「以巨大男根讓性欲亢進之女子發出yes and more的叫聲」。

實驗顯示，讓男女大學生最感刺激的都是「由女性主動，並以描述女性肉體及反應」的色情錄音帶，它也是古今中外色情小說的主旋律。

在遠古的女神殿裡，擺滿了用牛角雕刻的男性性器供品，我們可以合理推測，在古老的母系社會裡，男性是為了取悅女性及大地女神而存在的。

李漁為大家準備的道德苦藥居然是「淫人妻女者，妻女亦為人所淫」。為什麼男人所犯的淫罪需由女人來償還？而不是男人自己倒楣？

治心病，借淫書說法

在中國古典色情小說裡，《肉蒲團》（又名《覺後禪》）的知名度僅次於《金瓶梅》，雖然它在性事的描繪上，用辭遣字不若《金瓶梅》般的露稜跳腦，但整本書的色情純度卻遠較《金瓶梅》為高，幾乎頁頁都有不堪入目之處，很難淨化，而無法像《金瓶梅》以潔本的姿態重現江湖。幾百年來它一直是被壓在床底或箱底的禁書。

但愈是禁書，就愈激起人們想一窺究竟的興趣，而個中「究竟」，真是只能意會，難以言傳。時至今日，究竟有多少人窺探過《肉蒲團》，以及《肉蒲團》的「究竟」究竟是真是假，有何含義，一直是大家諱莫如深的。

筆者幼讀詩書，長而學醫，也許是看慣了疑難雜症，奇花異柳，對聖賢之道竟日久情疏，於搜奇探密反倒老而彌堅。但此一奇密嗜好並非什麼怪癖，蓋由變態了解正常，由周邊進入中心，乃是典型的醫學解構模式。《肉蒲團》這部周邊的、變態的文學作品在筆者眼中，就像一個異常的、病態的病人，很自然地成為我的搜探之列。

本文想從醫學和心理學的觀點來搜探《肉蒲團》，但主要卻是一種文學批評的嘗試。套一句該書中的妙喻，醫學和心理學只是文學批評的「藥引」，「就如藥中的薑棗一般，不過藉他氣味把藥力引入臟腑，及至引入之後，全要藥去治病」。筆者這帖文學藥方，原是要治療中國人在色情小說裡所表現的心病的。

李漁為大家安排的性教育

就像我基於倫理的困擾，得先為自己為什麼談論色情小說提出立場說明般，《肉蒲團》的作者李漁先生也為他為什麼寫色情小說提出辯護，他在第一回就開宗明義地說：「止淫風借淫事說法，談色事就色欲開端。」但在「借淫事說法」時，他說出來的性愛法則顯然遠多於道德法則，給讀者的性教育也遠多於道德教育。照李漁的意思，道德是一味苦藥，而性事則是包裹它的糖衣，要了解《肉蒲團》的道德核心，還得先拆解這層層甜美糖衣上的性教育與性愛法則。

妙的是，李漁先生在書中即自己為男女主角未央生與玉香安排了這種性教育。它的課程還相當完備，計有春宮畫冊與風月之書的傳統教材，飛賊賽崑崙的調查報告與老鴇顧仙娘的臨床指導等。筆者就地取材，借法說法，就從這裡談起：

未央生因妻子玉香「平日父訓既嚴，母儀又肅」、「姿容雖然無雙，風情未免不足」遂買了一副趙子昂的春宮畫冊及《繡榻野史》、《如意君傳》、《痴婆子傳》等風月之書，「放在案頭，任她翻閱」。在閨幃之內，未央生利用這些傳統教材對玉香「作之夫，作之師」。而這些春宮畫冊及風月之書所說的，與《肉蒲團》實在是「一般無二」，彼此一脈相承，互通聲息，互相廣告，代表了中國文人色情幻想的傳統。

《肉蒲團》裡的金賽博士與瓊森女士

除了傳統之外，《肉蒲團》也另創新意。飛賊賽崑崙在書中好比金賽博士（A. Kinsey，一九四八及一九五三年發表男性性行為與女性性行為調查報告的美國性學大師），當未央生為了獵豔而客居逆旅時，和賽崑崙結為異姓兄弟，這個在夜裡高來高去、穿門過戶的「民間學者」，雖然不像金賽博士般與一萬七千名男女面談，但對數百里之內人家的房事卻也耳聞目睹，瞭如指掌，他向未央生口述了如下的性行為調查報告：「大約一百個婦人，只有一兩個不喜幹，其餘都是喜幹的。只是這喜幹的裡面有兩種……。」、「大約十個婦人，只有一兩個不會浪，其餘都是會浪的。只是婦人口裡有三種浪法……。」、「這件東西是劣兄常見之物，不止千餘根，從沒有第二根像尊具這般雅緻。」此一「調查報告」讓未央生有「與君一席話，勝讀十年書」之感。

另一位「民間學者」老鴇顧仙娘，則好比瓊森女士（V. Johnson，於一九六六及一九七〇和馬斯特醫師出版《人類性反應》及《人類性功能失常》的性治療學家）。當玉香被姘夫權老實賣到妓院後，顧仙娘傳授她討好男人的三種絕技，「自己（顧）同嫖客幹事，就教她立在面前細看，會與不會好當面指教她；她與嫖客幹事，自己也坐在面前細看，是與不是好當面提醒她」。這種「臨床指導」跟馬斯特及瓊森在聖路易「生殖生物學研究基金會」的「臨床婚姻輔導」相較，雖然少了現代化的監測系統，但也是具體而微的。

李漁的《肉蒲團》比其他風月之書多了這兩把刷子，與道德法則完全無涉，反而是在彰顯性愛法則。我們從未央生後來和權老實的妻子艷芳偷情時，深覺「賽崑崙的言語，一字不差」。與玉香在和權老實好合時，認為他「本領竟與書上一般」即可看出，李漁旨在強調，他書上所說的性教育乃是信而可徵的。

男性的「性器誇大妄想」

但不管是賽崑崙的「調查」、顧仙娘的「臨床」，以及書中男女的「實驗」，都只是李漁個人性經驗與性幻想的外射，都是在為他所欲陳述的性愛法則鋪路。李漁借《肉蒲團》中的淫事為我們說出了如下的性愛法則，為了便於後面的分析，每個法則我都事先給它一個預含診斷色彩的醫學稱謂：

一、男性的「性器誇大妄想」：就像《金瓶梅》所說的，一個男人要偷情，獲得美人歡心，除了「貌似潘安」外，還需「物如驢大」。未央生的「尊具」原本非常「雅緻」，經賽崑崙一番品評奚落後，心灰意冷，直到後來巧遇「能使微陽變成巨物」的天際真人，將「狗腎」嵌入他的「人陽」中，「魁梧奇偉，果然改觀」。才又重燃偷香竊玉之心。日後果然無往不利，竟搖身一變成為女界寶。

李漁藉眾女的歡迎來突顯巨陽之威力。第一個上鉤的女子艷芳，原先嫁個才貌雙全的書生，但「短兵薄刃」、「中看不中用」，後來自己挑了權老實為夫，權某雖然粗笨，不過卻力雄氣壯，器械「像棒槌一般」，才「死心塌地，倚靠著他」。及至遇著了未央生，才曉得天下的男子裡面，原有「才貌與實事三件俱全的」，春風一度，即回味無窮，在寫給未央生的情書裡說，「若不再見，必咬你的肉」。後來香雲、瑞珠、瑞玉與花晨諸女，在「賞鑒」了「天地間這一種妙物」之後，也都像吃了鴉片上了癮般，日夜離不了它。

權老實在被艷芳遺棄後，到未央生的岳父鐵扉道人家中為僕，未央生的妻子玉香久曠之後，見了權老實的「棒槌」，也顧不得主僕之分，勾引他苟合，給他「連篇獎語」、「夜夜少他不得」。

女性的「性欲亢進症候」

二、女性的「性欲亢進症候」：《肉蒲團》像其他絕大多數的色情小說，把女性寫成頻呼「官人我要」或「yes and more」的饑渴母獸。玉香原本像受到禮教魔咒的「睡美人」，在未央生這位「色中王子」的吻觸下，她的欲望才從沉睡中甦醒過來，但欲望一經甦醒，就一發不可收拾，天天纏著未央生辦事。後來未央生遠遊不歸，獨守空閨的她，除了溫習丈夫留下來的春宮畫冊與風月之書外，看見了權老實，「就像餓鷹見雞，不論精粗美惡，只要吞得進口，就是食了」。後來等不及了，竟自個在房中洗浴，引誘權老實來「看看肌膚，好動淫興」。讓權老實看了，「知道這婦人淫也淫到極處，熬也熬到苦處」。

而權老實的妻子艷芳，天生就具有「女子一世不出閨門，不過靠著行房之事消遣一生」的享樂人生觀，前夫是「本領不濟之人」，經不得她「十分剝削」，不上一年竟害「弱症而死」。寡婦花晨則是「婦人裡面第一個難打發的」，正經辦事不夠味，還需外加「看春意、讀淫書、聽騷聲」的助興工夫，才會「心窩快活」。至於香雲、瑞珠、瑞玉三位姊妹，「天台諸女伴，相約待劉郎」。為的也是「即刻要他來，與他幹事」、「三分一統」、「日夜取樂」。這五個性饑渴的女人，都將未央生視為「心肝乖肉」，恨不得一口將他吞了進去。

性愛的「假性藥理作用」

三、性愛的「假性藥理作用」：在《肉蒲團》第一回，李漁將女色的「藥性」比做「人參附子」，是「大補之物」，「只宜長服，不宜多服，只可當藥，不可當飯」、「長服則有陰陽交濟之功，多服則有水火相剋之弊」、「當藥則有寬中解鬱之樂，當飯則有傷精耗血之憂」這種比喻雖也有發人深省之處，但它好似某些美國老師告訴小學生，「性高潮就像打噴嚏」一樣，是「愈比愈離譜」。

把女色比做藥物，很自然地衍生出「採補」的觀念，老鴇顧仙娘傳授給玉香的三種絕技「俯陰就陽」、「聳陰接陽」、「捨陰助陽」，就是要將陰物練成一味「補藥」，使其妙處「不但人參附子難與爭功，就是長生不老的藥原不過如此」、「男人與她睡過一兩次，竟有些老當益壯起來」。

香雲、瑞珠、瑞玉的丈夫軒軒子、倚雲生、臥雲生都體驗了這味「補藥」的妙處，回家後告訴妻子；而被那四、五個性欲亢進的婦人淘得「神疲力倦」、「精血虧空」的未央生，也想去學那「採戰之法」、「滋補滋補」，最後終於落得夫妻相見無顏，玉香上吊，未央生出家當和尚的悲慘下場。

李漁的色情幻想空間

我們若拿《肉蒲團》中這些摻雜著性教育與性愛法則的性事描述，來和真正的醫學與心理學報告做一對比，即可看出事實與想像之間有多大的差距，而此一差距正代表了李漁乃至其他色情小說作者的色情幻想空間。

據日本石濱淳美博士對中國東北男人的性調查，陽物鬆弛時最短為四．七公分，最長為一一．四公分；未央生的陽物鬆弛時為二寸（大概六公分左右吧），賽崑崙卻嫌其小，「生平所僅見」。據台大江萬煊教授調查，台灣男人陽物勃起時最短為七公分，最長為十六公分半（大概是五寸吧），而《肉蒲團》中諸男子的陽物，勃起時卻都在七八寸以上，為專家「生平所未見」。

又據美國「鄉村之音」的調查，一百個男人當中有十五個認為女人最欣賞男人的「巨大陽物」，但同一調查顯示，在二百個女人當中最欣賞男人「巨大陽物」只有兩個，最欣賞男人「小臀部」的反而高達三十九個。另外，據馬斯特及瓊森的臨床實驗，陽物的大小跟女性的性反應「沒有關係」。

在女性方面，英國的「山德斯報告」指出，有十九％的婦女經常有「不來電」、「熱不起來」的困擾；有六〇％的男性希望增加做愛次數，但希望增加做愛次數的女性則只有三八％；有五一％的男性認為他們的伴侶經常達到性高潮，但其伴侶認為自己「真的」達到性高潮的只有二四％。而美國的「海蒂報告」亦指出，有三分之一的女性無法在性交中達到性高潮；這些調查都是在性革命、性開放之後才做的。

以科學事實來檢驗《肉蒲團》的文學想像，我們可以發現它最嚴重的色情幻想乃是「以巨大男根讓性欲亢進之女子發出yes and more的叫聲」。這個主題及它的變奏一再重覆地出現於每一卷每一回裡。

但我們似乎不必特別去尋找李漁個人的童年生活及成人經驗中有什麼受挫的欲望，而使他必須以此幻想來做替代性的滿足。因為這個主題並非《肉蒲團》所獨有，而是古今中外絕大多數色情小說的共通主體，我們應該注意的反倒是：身為作者及廣大讀者群的男人，他們的共通經驗及集體潛意識問題。

以隔離與退行作用再造女性

《肉蒲團》與其他色情小說相較，容或有雅俗之分，但它們所呈現的色情烏托邦則是大同小異。這個色情烏托邦之所以令男人嚮往，除了因閱讀所產生的感官刺激外，似乎還包含了某些鬱積情結的宣洩。在現實世界裡，男人發現女性誘人的肉體一方面勾起他的情欲，但另一方面卻又在挫折他對此一情欲的滿足（譬如冷淡拒絕、不配合等），於是經由精神分析所說的隔離作用（isolation）與退行作用（regression），他自我構築或進入色情小說的色情烏托邦中。

隔離作用將女性的身與心（肉體與靈魂）分隔開來，讓她們成為只有誘人胴體而缺乏主體意識的玩物；退行作用則使女性像嬰幼兒時代的母親般，對男人主動哺餵、百般體貼、有求必應（色情小說中的女性常是具有肥大乳房者；而花晨在將未央生抬回家中後，「把一雙嫩臂摟住他上身，一雙嫩腿摟住他下身，竟像一條綿軟的褥子，把他裹在中間」。這種「體」、「貼」，正是男人求之不得的，雖然也有可能發生，但亦有退行作用的幻想成分）。

色情烏托邦二階段論

在色情烏托邦裡，這些展示誘人胴體，而且有求必應、主動哺餵的女性，雖然令人興奮，但也帶來深沉的罪惡感。青春期少男偷看色情小說，最怕被母親發現，因為他知道那是「不被母親允許的」，書中所說違反了母親的教誨，他的進入那個色情烏托邦等於背叛了母親——他個人生命中的女性原型。

在後來與女性的實際交往中，就像前述的科學報告所透露的，男人發現自己的色情幻想與女性的實際反應有很大的差距，在到底是「自己背叛了女性的心意」抑是「女性背叛了自身的心意」之間，他很自然地選擇了後者，認為緣於道德或虛偽，女性掩藏了她們的欲望；她們原是性欲亢進的饑渴母獸，而唯有巨大男根才能使她們甦醒，讓她們滿足，讓淑女變成娼妓，發出yes and more的叫聲。

筆者將此稱為色情烏托邦的二階段論。所謂「二階段論」，是指心性發展過程中的欲望對象及個人經驗而言，但其欲望之受挫，與利用幻想來尋求替代性滿足的機轉則是如出一轍的。色情小說所呈現的色情烏托邦，通常是這兩個階段兼而有之，它們為讀者所提供的禁制的快樂，不僅是在替讀者說出他們難以啟齒的內心話，更進一步引導讀者踏進他們所未知的禁區中。像雞生蛋，蛋又生雞般，色情小說的窠臼終於等同於多數男性色情幻想的普同結構。

讓兩性都最感刺激的色情內容

這個窠臼之所以一再被沿用而歷久不衰，並非作者缺乏想像力，而是因為它最能激起男人的情欲與滿足。據紐約州立大學的臨床心理學家海曼（J. Hyman）的研究，她讓男大學生聽四種不同的色情錄音帶：第一種是由男性主動，並以描述男性肉體（包括性器）及反應為主；第二種由女性主動，並以描述女性肉體（包括性器）及反應為主；第三種由女性主動，但以描述男性肉體及反應為主；第四種由男性主動，但以描述女性肉體及反應為主。結果是以「女性主動，並以描述女性肉體及反應」的錄音帶最能激起這些男大學生的情欲與生理興奮反應，我們也許可以說，這就是男性喜愛的色情窠臼。

但走馬換將，改由女大學生來聽這些錄音帶時，最能激起她們情欲與生理興奮反應的，依然是「由女性主動，並以描述女性肉體及反應」的錄音帶。這不得不讓我們更深入人類的心靈，去探討一個更原始的問題。

色情小說是男人寫給男人看的色情烏托邦，但卻以描寫女人的肉體和快樂為主，似乎這樣才能讓男人滿足。而色情烏托邦的二階段主題：女性展示她誘人的胴體，主動哺餵、有求必應，以及以巨大男根讓性欲亢進之女子發出yes and more的叫聲，看起來並不純然是新出爐的個人幻想，反而更像是一種古老儀式的回響。在《肉蒲團》裡，未央生的不惜自傷，以狗腎嵌人人陽，然後周旋於眾女子之間，不遺餘力地取悅她們，正是一種經過修飾的性儀式。

男性取悅女性的古老儀式

在羅馬帝國時代，奉祀且獻身於大母神（Cybele）的男信徒，需割下他們的性器和睪丸，放在女神的神殿裡做為供品。而在近東地區出土的某些非常古老的女神殿裡，也擺滿了用牛角雕刻的男性性器，霍克斯（J. Hawkes）說：「這些男性象徵是為了取悅女神，才充斥於她的神殿中的。」

我們可以合理推測，在古老的母系社會裡，男性是為了取悅女性及大地女神而存在的。

女性主義者雪菲（Mary J. Sherfey）說：「理論上，如果肉體不會疲憊，那麼女性可以有持續的、無窮盡的性高潮。」（當代的兩性性反應研究，多少也證明了這點）她認為這是史前時代（約略可說是母系社會的時期）女性性行為的本質，但因為這給男人莫大的壓力與威脅，因此在父系社會興起後，男人開始挫折女人的欲望，「強行壓制女性無節制的性需求，成了每個現代文明肇始的必要條件」。

從這個角度來看，《肉蒲團》等色情小說所描繪的色情烏托邦，似乎不是未曾許諾的夢土，反倒更像是令人緬懷的失落國度了！男人在他狂野的想像裡，穿越歷史時空，推倒意識藩籬，而進抵集體潛意識的深處，展讀種族記憶的密碼，然後以文字再現那文明以前的男女關係。這個色情烏托邦因為它的反文明，而使讀者產生意識的不安，但它與潛意識契合的本質，卻更讓讀者激狂。

一帖荒謬的道德苦藥

在好不容易拆解完《肉蒲團》層層的情色糖衣後，我們終於必須面對李漁先生所準備的道德苦藥：

在故事裡，專喜前半夜的未央生因為性耽女色，先有高僧皮布袋和尚勸他「割除愛欲，遁入空門，修成正果」。後來又有岳父鐵扉道人嚴加管束，要「把他磨鍊出來，做個方正之士」。但都沒有效果，未央生還是拜飛賊賽崑崙為兄，懇求天際真人用狗腎嵌入他的人陽，以賽崑崙為媒、狗陽具為介，去淫人妻女。蓋如前人所評，這意指未央生「其人品志向猶出盜賊之下」、「所行之事盡狗彘之事也」。

有趣的是，皮布袋和尚（法號孤峰）與鐵扉道人，分別是男性性器與女性性器的象徵，他們的規諫都被未央生當做耳邊風，乃屬意料中事。未央生必須自己坐到肉蒲團上，才能體會出「覺後禪」來。而他所體會的禪機或道德法則，其實很簡單，竟然是「淫人妻女者，妻女亦為人所淫」的老生常談。

未央生告別妻子玉香後，先後姦淫了權老實的妻子艷芳、軒軒子的妻子香雲、臥雲生的妻子瑞珠、倚雲生的妻子瑞玉，以及艷芳的代打醜婦和寡婦花晨，結果妻子玉香也被權老實先淫後賣，在妓院裡，被倚雲生、臥雲生、軒軒子及其他諸嫖客姦淫，連未央生自己最後在山窮水盡時，都想來尋幽訪勝。表面看來，這是建立在佛家果報上的道德法則，但更深入追究，即可發現這其實是男性沙文主義心態的外射：

在故事裡，玉香最後羞愧自殺，而艷芳則被賽崑崙手刃，但未央生和權老實卻只是懺悔前罪，削髮為僧，就被慈悲的我佛所收留（罪孽較深的未央生則還包括自閹）。這種差別待遇，照皮布袋和尚的說法是：「你兩個罪犯原是懺悔不得，虧那兩位夫人替丈夫還債，使你們的罪犯輕了許多。」為什麼男人所犯的淫罪需由女人來償還？為什麼「淫人妻女者，妻女亦為人所淫」，而不是男人自己倒楣？

男性沙文主義者的不當心思

我們從《肉蒲團》最後一句話，窺知了李漁最後的心意：「總是開天闢地的聖人多事，不該生女子設錢財，把人限到這地步。」女性的肉體勾起了男人的獸性本能，它讓人又愛又恨：「愛」的是與女人顛鸞倒鳳的歡暢與淫人妻女的榮耀，「恨」的是自己可能因精血耗竭，像古代將性器獻給大母神的祭司般成為犧牲，以及妻女被人所淫的恥辱。把人「限」到這地步的一切罪過都是來自女人誘人的肉體——是女人誘人的肉體讓男人顯現他邪惡的靈魂的。只有毀滅這些誘人的肉體，才能讓男人邪惡的靈魂獲得拯救。

李漁的這枚道德苦藥原本只是想抵消（undoing）他在《肉蒲團》中連篇情色糖衣的一種心理自衛機轉，就像雙手沾滿血腥的馬克白夫人想藉洗手來洗清她的罪孽一般。但當他勉力要將淫事轉化成一則止淫風的道德寓言時，他對結局的安排卻洩露了一個男性沙文主義者的不當心思。從他所處時代男尊女卑的心靈生態來說，我們固然可以諒解這種安排，不予深究；但從現在兩性平等的立場來看，卻是必須加以嚴厲譴責的。

寫到這裡，筆者發現這篇評論文章竟然也不自覺地循著《肉蒲團》的路子，花了很多篇幅來借淫書說法，想像李漁文字背後的含義、分析情色糖衣而架構出一個可能連他都不太知覺得到的色情烏托邦，然後再餵他一枚道德苦藥。

知我者其惟李漁乎？罪我者其惟李漁乎？

罪與罰：
《包公案》中的欲望與正義

愈正直的人，愈思及壞人墮落的深度，就愈義憤填膺。但事實上，壞人的墮落通常沒有他們想像的那麼豐富與深邃。

色欲當頭ㄧ，女人只有貞婦與淫婦兩種，貞婦自己死於非命，而淫婦則讓丈夫死於非命或慘遭其他禍害。

在三十六個利欲案件中，有十八個案例的偵破都用到包括天啟、魔法、冤魂顯靈、占夢、托夢等在內的第三種知識。

包公「日理陽世，夜斷陰間」，但地獄的最後審判，不只包括正義的追討，更含有無窮恨意之追討的成分。

歷久彌新的罪與罰

在民間，包公是一個家喻戶曉，代表正義的原型人物，依附於他而產生的民間傳奇《包公案》則是一組有著偵探趣味、伸張正義的故事。在這些故事裡，正義所欲追討的乃是「出軌的欲望」，這使它具有了令人感到震驚、魅惑與反省的永恆主題——罪與罰。

做為一種表達思維、發抒情感的工具，《包公案》中的案件是真是假？是否都是包公所破？包公是否真的是斷案如神的青天？這些都是次要的問題（「包公」事實上只是編故事者心理的外射而已）。因為在作者和讀者心中，它們都只是欲望與正義、罪與罰的符號，重要的是這些符號所欲傳達的訊息，它們才是歷久彌新的，就像穿越歷史時空的長嘪，裡面隱含著來自漢民族胸中丘壑起伏與心頭塊壘紋路的回音。辨認這些起伏與紋路是一件有趣的事，因為它們多少刻畫著一個族群暴露在欲望與正義的十字路口時，內心普遍的心思。

世人心中的罪惡系譜

在正義登場之前，《包公案》所說的其實是欲望出軌的故事。筆者所根據的《繡像龍圖公案》（同治甲戌年孟春重新鐫，姑蘇原本）共計五卷一百則（坊間的《包公案》則只有五十七到六十則），稍加分類可以發現，其中涉及色欲者四十六例，涉及利欲者三十六例，涉及仇怨者只有三例，因世間不平而在陰間告狀者反倒有十一例（傳說中的包公是日理陽世，夜斷陰間）。

這個比例反映的恐非現實世界的罪惡輿圖，而是世人心中的罪惡系譜，由單純仇恨等攻擊欲望引起的罪行在這裡被淡化了，受到突顯的則是色欲與利欲這兩種甘美欲望的出軌。

但《龍圖公案》強調這兩種足以燻心的欲望，似乎並非像精神分析所說，是想借此提供讀者替代性的滿足（透過閱讀而在心裡犯了那種罪）；相反的，它所欲灌輸給讀者的毋寧是強烈的幽暗意識與憂患意識。因為讀者在閱讀時，常會不自覺地彷同於故事中的主角，而這些主角都是被害者，是他人恣縱欲望的凌虐對象。

以下，就先讓我們根據欲望出軌與正義追討的型態，來展讀《龍圖公案》中令人憂懼的罪惡系譜：

關於色欲的幽暗意識

俗謂「萬惡淫為首」，關於色欲，〈牙簪插地〉一案正可做為其幽暗意識的代表。包公年輕時任南直隸巡按，有一位八旬老翁私通族房寡婦，寡婦之小叔屢次微諫不聽，具狀告於包公。包公暗忖「八旬老子，氣衰力倦，豈有奸情？」拷問老翁與寡婦，都說「沒有」。包公為此忘餐納悶，其嫂汪氏詢之，他遂將這場詞訟告嫂。「汪氏欲言不言，即將牙簪插地，諭叔知之，包拯即悟」，於是隨即升堂，嚴刑拷打老翁與寡婦，結果兩人終於將「通奸情由，從實招供」。

包公見嫂將牙簪插地，悟出的是什麼大道理呢？評批《龍圖公案》的聽五齋先生說，此謂「男女之欲必至死地而後已」。我想很多讀者在聽了這種解釋後，仍然是滿頭霧水，莫名其妙。以婦女束攏頭髮的牙簪插地來象徵「色欲死而後已」，比精神分析以「上下樓梯」來象徵性交更加隱晦，但貞靜賢淑的汪氏卻能想出這個象徵，而正義凜然的包公更是一點即悟，這多少表示，好人對色欲似乎具有特別敏銳的執念。

對出家人深沉的懷疑

就好像西方中古世紀教會中的聖人，以其擔憂的想像描繪各種罪惡的性行為姿勢，而逼問來告解的教友是否犯了這些不可告人的罪一樣。愈正直的人，愈思及壞人墮落的深度，就愈義憤填膺，但事實上，壞人的墮落通常沒有他們想像的那麼豐富與深邃。

這就是筆者所意指的色欲的幽暗意識：欲望是強烈而可怕的，自己（好人）勉力以仁義道德來壓制它，而意志薄弱的壞人必然是男盜女娼的；這種微妙的心理乃是精神分析所說反向作用（reaction formation）與外射作用（projection）的產物。

在涉及色欲的四十六個案件中，有九件是和尚所犯，比例算相當高。照理說，出家人是清心寡欲的，但《龍圖公案》裡的出家人卻是：「小僧與娘子有緣，今日肯捨我宿一宵，福田似海，恩德如天。」（〈阿彌陀佛講和〉）還有「（他）原是個僧人，淫心狂蕩。」（〈烘衣〉）這也是幽暗意識在作怪：色欲是如此強烈而可怕，在這方面得不到發洩的出家人，必然會因此而做出傷天害理的事來。結果，《龍圖公案》裡就充滿了性致勃勃的出家人。

但這種幽暗意識是不便明言的，就像汪氏只能以牙簪插地做暗諭，來讓包公了解般，《龍圖公案》的作者也巧妙地以兩類案例來呈現他（或者替大家說出）對此的憂患。這兩類案例是國人非常熟悉的，一是謀殺親夫，一是試妻，茲分述如下：

色欲的憂患意識之一：殺夫

〈白塔巷〉一案說包公一日從白塔巷前經過，聽到婦人阿吳對亡夫劉十二的哭聲，「其聲半悲半喜，並無哀痛之情」。包公懷疑那丈夫「死得不明」，派仵作陳某起棺檢驗。陳某查無傷痕，認為病死是實。包公不信，要他再查個明白。陳某回家憂悶，其妻阿楊建議他查看死人鼻中，結果發現劉十二鼻中「果有鐵釘兩個」，包公遂將阿吳上刑審問，阿吳招供「因與張屠通奸，恐丈夫知覺不合，謀害身死」。但故事並未就此結束，包公在知道查看死人鼻中的靈感是來自陳妻阿楊，而且阿楊乃再婚之婦人時，亦對阿楊的前夫「起棺檢驗」，結果亦有「二釘子在鼻中」，於是一舉連破兩樁謀殺親夫的大案。

聽婦人的哭聲即能從中產生她可能謀殺親夫的聯想，除了在神化包公的慎謀能斷外，更是要彰顯前述對色欲的幽暗意識與敏感執念。而仵作從妻子處得到的靈感，跟包公從汪氏處得到的暗諭有異曲同工之妙，但這次要傳遞的乃是憂患意識：妻子的欲望出軌，會使做丈夫的大禍臨頭！

淫婦讓丈夫死於非命，貞婦自己死於非命

在《龍圖公案》裡，一共有四個妻子因紅杏出牆而謀殺親夫的案例（〈白塔巷〉、〈臨江亭〉、〈龍窟〉、〈壁隙窺光〉）。〈臨江亭〉裡的一句話：「古云家有淫蕩之婦，丈夫不能保終。」道出了傳統男權社會裡丈夫心中的憂患。但即使妻子並非淫蕩之婦，因為她貌美受到他人覬覦，而禍從天降，讓自己死於非命的也有四例（〈黃葉菜〉、〈廚子做酒〉、〈岳州屠〉、〈獅兒巷〉）。

不過，《龍圖公案》裡也有幾個貞婦，所謂貞婦是在他人的欲望要對自己圖謀不軌時，必須嚴加抗拒，咬舌自盡或被對方殺死的女人，這有六例（〈阿彌陀佛講和〉、〈嚼舌吐血〉、〈咬舌扣喉〉、〈三寶殿〉、〈繡履埋泥〉、〈三官經〉）。

整體看來，在充滿男性觀點的《龍圖公案》裡，色欲當頭下，女人只有貞婦與淫婦兩種，貞婦自己死於非命，而淫婦則讓丈夫死於非命或慘遭其他禍害（譬如〈陰溝賊〉裡的破財，〈招帖收去〉裡的官司纏身）。在〈招帖收去〉一案裡，包公說：「（她）既系淫婦，必不肯死，雖遭打罵，亦只潛逃。」這又是幽暗意識在發作，不死的淫婦是多麼地令人感到憂懼啊！

色欲的憂患意識之二：試妻

《龍圖公案》裡唯一殺妻的男人是〈死酒實死色〉裡的張英，但他卻是先下手為強。原來張英赴任做官，夫人與珠客邱某通奸，張英回家「見床頂上有一塊唾乾」，知是某男人留下的，遂暗中逼問婢女，得知奸情，乃將婢女推入池中浸死，復悶不吭聲將夫人推入酒槽嗆死，又巧計將邱某入罪，由包公審讞，而包公在查知真相後，竟對張英從輕發落——「治家不正，殺婢不仁，罷職不敘」。聽五齋先生對此案的批評是：「張英之疑，是亦學問。」

懷疑與試探妻子的貞節在中國民間故事裡是一門大學問，前有「莊周試妻」，後有「薛平貴戲妻」，但真正將這種憂患意識發揮到極致的當推〈試假反試真〉這個案例：

臨安府民支弘度痴心多疑，娶妻經正姑剛毅貞烈，但弘度不放心，問妻道：「你這等剛猛，倘有個人調戲你，亦肯從否？」妻道：「吾必正言斥罵之，安敢近？」弘度又問：「倘有人持刀強奸，不從便殺，何如？」妻道：「吾任從他殺，決不受辱。」弘度又問：「倘有幾人來拿住成奸，你不肯卻何如？」妻道：「吾見人多，便先自刎以潔身明志，此為上策；或被其污，斷然自死，無顏見你。」

但弘度依然不信，過數日「故令一人來戲其妻以試之」、「果被正姑罵去」；但弘度還是難放下心頭巨石，過數日，他又托于某、應某、莫某三名輕狂浪子來考驗其妻，三人突入房中，由于、應兩人抓住正姑左右手，莫某脫其衣裙，正姑「求死無地」，悲憤交集。在裙褲脫下來後，于、應兩人見「辱之太甚」，不禁放手，正姑「兩手得脫，即揮起刀來殺死莫某，不忍其恥，亦一刀而自刎亡」。

于、應兩人馳告弘度，弘度「方悔是錯」，但恐岳家及莫某家人知之，必有後話，竟先具狀告莫某「強姦殺命事」。包公審理此案，親驗現場，發現正姑是「刎死房門前，下體無衣」，而莫某則「殺死床前，衣服俱全」。知道事有蹊蹺，嚴刑拷打于、應兩名證人，始知試妻原委，結果弘度「秋季處斬」，正姑「賜匾表揚貞烈」。

從消極被害到積極自衛

較溫和的則是因懷疑妻子不正而出妻，譬如〈烘衣〉一案，婦人宋氏在門首等候夫歸，一僧人路過，只顧偷目視之而跌落沼中，渾身是水，宋氏請他在舍外向火烘衣，適丈夫秦得從外歸，

「心下大不樂」，即對宋氏說：「我秦得是明白丈夫，如何容得爾一不正之婦，即令速回母家，不許再入吾門。」

但不管是殺妻、試妻或出妻，和前面妻子伙同姦夫謀殺親夫，可說是憂患意識一體的兩面；後者是「消極的被害」，前者是「積極的自衛」。這兩類案例當然不足以涵蓋《龍圖公案》中色欲罪行的全貌，但卻是值得我們玩味的兩個罪惡系譜，即使時至今日，男性沙文主義日漸走向它的末日，移情別戀的妻子已不必借謀殺親夫來掙脫婚姻的鎖鏈，這方面的憂患雖大為減少，但性開放卻也使男人心中的幽暗意識大為增加，積極自衛的憂患意識恐怕是不降反升吧！

關於利欲的「第三種知識」

在《龍圖公案》裡，涉及利欲的案件雖也有三十六起，但遠不如色欲案件那麼扣人心弦，這些案件多半是船家、旅店、獵戶、地痞等臨時見財起意，對過往商旅下手的，以無頭公案居多。這種殺人越貨的案件，即使是在科學辦案的今天，也很難掌握到足夠的線索而偵破，但在《龍圖公案》裡，罪犯都難以逍遙法外，包公所憑借的，除了敏銳的直覺（詩知）與睿智的推理（科學知）

外，主要靠的是「第三種知識」。

所謂「第三種知識」是指詩知與科學知之外，另一大類廣袤而模糊的知的方式，它包括天啟、魔法、顯靈、占夢、神祕主義等。在三十六個利欲案件中，有十八個案例的偵破都用到這第三種知識，比例相當高（色欲案件的偵破，也有一些用到這種知識，但比例沒有這麼高）。

譬如〈木印〉一案裡，包公於途中「忽有蠅蚋逐風而來，將包公馬頭團團了三匝」。包公暗忖道「莫非此地有不明的事？」派人隨蠅蚋而去，結果在嶺畔楓樹下挖出一具死屍。又如〈兔戴帽〉一案，包公至武昌府評覽案卷，精神困倦，躺下來夢見「一兔頭戴了帽，奔走案前」，包公醒來即思忖「兔戴帽乃是『冤』字，想此中必有冤枉」。

再如〈鹿隨獐〉一案，包公回衙來至山傍，「忽怪風驟起」，令人各處尋覓，發現一無名死屍；包公回衙，「不知誰人謀死，無計可施」時，又「精神困倦」起來，於是夢見「一人無頭，身血淋漓，前有一獐，後鹿隨之」。包公醒來後，即悟出凶手乃名喚「張（獐）祿（鹿）」者。

〈烏盆子〉所透露的訊息

但最神奇的當屬〈烏盆子〉一案，賊人丁千、丁萬劫奪商旅李浩財物，將其屍體入窯燒化，搗碎灰骨和泥燒成烏盆，賣給王老。王老夜裡起來對著烏盆小便，烏盆竟開口叫屈。王老大驚，帶著烏盆向包公報案。第一次審問時，烏盆因為自覺「赤身裸體」見官不雅，對包公問話全不答應；第二天，在王老用衣裳蓋住烏盆去見包公後，烏盆才將被丁家兄弟劫財謀殺、剉骨揚灰的慘事全盤托出。

一個人因他人利欲的出軌，不僅死於非命，骨灰竟被燒成供人便溺的烏盆；而這個烏盆在見官時，仍堅持必須穿上衣服，才肯吐露冤情。這種將烏盆擬人化，侮辱與矜持的對比，不僅告訴我們商旅李浩的冤魂是多麼的悲怨，而且更提醒我們正義的追討往往是一波三折的。

聽五齋先生說：「必盡如烏盆之決，而天下始無覆盆之虞。」問題是，看來看去，普天之下似乎只有包公這種人才具備這第三種知識，而這第三種知識說穿了，其實是冤魂的自力救濟，而且這種自力救濟還需碰上包公這樣的青天才有效！事實上，它只是一種渺茫的寄托，就像我們等一下要談到的地獄一樣，是人類對世間種種冤怨與不義的一種心理補償。而正義的追討需靠亡魂的自力救濟，這多少亦是前述幽暗意識與憂患意識的投射吧？

令人哭笑不得的「包青天情結」

因為亡魂會向包公訴冤，請他主持正義的傳說深入民間，結果竟衍生出一種特殊的「包青天情結」。清朝紀曉嵐的《閱微草堂筆記》裡有如下一則記載：總督唐執玉會審一件殺人案，在將凶嫌某甲判了死罪後，一夜秉燭獨坐，忽然聽到窗外傳來低泣聲，他開窗查看，赫然發現一個滿身浴血、容顏慘綠的鬼跪在階前。唐執玉厲聲斥之，那個鬼卻叩頭說：「殺我的其實是某乙，縣官誤抓某甲屈打成招，因為我冤仇難雪，死不瞑目，所以來向您秉告。」唐執玉覺得事有蹊蹺，第二天即親自登堂重審，在詳問之下，知道死者死時所穿衣履與他昨夜所見一模一樣時，於是在「自由心證」之下，釋放某甲，而改抓某乙，並判他死罪。其他陪審官吏都一頭霧水，但唐執玉卻堅信自己是對的。

唐執玉的一位幕僚對此深感不解，私下向他探問，唐執玉才說出是「陰魂顯靈，請求代為伸冤」的原委。那陰魂為什麼會請求他代為伸冤？不正表示他是像包公一樣是個「青天」嗎？所以他深信不疑。但在幕僚仔細查看、密訪後，才知道「那個鬼」其實是某甲的親人央托飛賊裝扮的，目的就是要誤導唐執玉的審判。

唐執玉為什麼會受到愚弄？就是因為他心中有一個「包青天情結」，「寧可信其有，不可信其無」的想法癱瘓了他清明的理智。

來自地獄的訊息：夜審郭槐

包公的正義事實上是表現在〈黃菜葉〉、〈石獅子〉、〈獅兒巷〉、〈桑林鎮〉等案例裡。在這些案例裡，欲望出軌的分別是皇親趙王、駙馬、國舅與劉娘娘。但包公不畏權勢，一一將他們繩之以法，所謂「關節不到，唯有閻羅包老」。其中的〈桑林鎮〉，也就是〈狸貓換太子〉、〈夜審郭槐〉等改編戲劇的原本，因廣為傳播而為後人所熟知。

〈桑林鎮〉的故事大家耳熟能詳，此處從略，讓筆者最感興趣的是「夜審郭槐」一段。郭槐在嚴刑拷打之下，原已招認，但因此案重大，宋仁宗又當庭審之，郭槐翻供說：「臣受苦難禁，只得胡亂招承。」於是包公想出一個妙計，在夜裡將張家廢園翻成閻羅殿場，把睡夢中的郭槐抓來審問，「郭槐開目視之，見兩邊排下鬼兵無數，上面坐著乃是閻王天子」。在自覺接受「地獄中的最後審判」後，郭槐遂「一一訴出前情」，錄寫畫押完畢，才發現閻王乃是仁宗喬裝，判官原是包公假扮。

地獄的最後審判觀念，在過去深入人心。它的「存在」可以說是世人在不公與不義的現實社會裡渴求正義的替代性滿足。想像中的正義是絕對的，因此，地獄中的閻王與判官不僅具有第三種知識而已，簡直是全能思想者，任何罪惡的行為與念頭，在這裡都無法遁形。郭槐就是在這種觀念的誘引下，從實招供，他接受的事實上是良心的最後審判。

集體良心裡的雜質

我們似乎可以說，地獄是集體良心的產物，而正義乃是集體良心所追求的目標，因此，地獄裡的最後審判代表的是集體良心的審判，也是正義的最後救濟；而做為正義象徵的包公很自然地成為「日理陽世，夜斷陰間」的人物，《龍圖公案》裡也很自然地出現了十一個「在陰間告狀」的案例了！

就像〈久鰥〉一案裡說：「陽間有虧人的官，陰間沒有虧人的理。」或像〈壽夭不均〉一案裡所說：「這樣人只好欺瞞世上的有眼瞎子，怎逃得陰司的孽鏡台。」陰曹之法似乎是人間法律的周延化，而地獄中的良心審判似乎就是精神分析所說的超我象徵了，但從精神分析的觀點來看，這種地獄裡的審判還含有其他成分。譬如在〈侵冒大功〉一案裡，侵冒大功的總兵被九名小卒和邊域百姓在陰間告狀，由包公審理，自然是罪證如山，包公怒聲道：「叫你吃不盡地獄之苦！」命鬼卒「將一粒丸放入總兵口中，遍身火發，肌肉消爛」。但鬼卒吹一口孽風，痛苦不堪的總兵復化為人形；爾後又如法炮製，總兵「須臾血流迸地，骨肉如泥」。而悲怨的兵卒與百姓則在一旁大叫：「快活快活！」

這種看壞人「吃不盡地獄之苦」而引以為樂的情景是正義與良心的寫照嗎？如果說這就是正義的追討，那麼其中也含有了無窮恨意之追討的成分，正義裡面其實挾帶了被害人原始的攻擊欲望。地獄裡的絕對正義，除了超我外，還有原我的本能雜質。

正義與命運的終極關係

《龍圖公案》裡的正義，不只是對出軌欲望的懲罰而已，在陰間裡，要求包公能為他們主持正義的還包括其他的不平者，譬如〈忠節隱匿〉一案裡，忠臣與節婦在生前未受表揚，而在陰司號泣自鳴者；〈巧拙顛倒〉一案裡，巧婦配了個拙夫，而向包公叫屈的女子；〈絕嗣〉一案裡，行善之家竟絕了子嗣，死得不服，而告到閻君處者；〈鬼推磨〉一案，則是「自家這樣聰明，偏沒錢用，一病身亡」。看別人傻乎乎的卻金山銀堆，滿肚子牢騷，乾脆告錢神不公者。

在現實社會裡，儘管有這些不平，但似乎沒有人會為此而告進官裡去，即使遞上狀詞，恐怕也沒有人能為他主持正義。但到了陰間，他們卻紛紛發出了不平之鳴，我覺得這有兩個含義：一是他們在陽世只是隱忍不言而已，到了幽冥地府，潛意識中的不滿就立刻現形；一是做為最後審判場所的冥府，必須為大家理清命運與正義的終極關係。

所謂命運與正義的終極關係是指是否有個以公平與正義為原則的天道，在決定芸芸眾生的命運，使「善有善報，惡有惡報」。或者竟至「天地不仁，善惡罔報？」這是做為正義化身的包公必須回答的問題。

從包公對這些陰司案件的判決上，我們可以看出，他顯然是要向大家證明「天道好還，常與善人」。譬如對號泣自鳴的忠臣與節婦，他說：「待我題奏陽間天子，陰奏玉皇上帝，叫你們忠臣節婦，自有享福之處，那貪官自有吃苦的所在。」對〈絕嗣〉的善人張柔，他說：「積善之家，必有餘慶，大凡人家行善，必有幾代善方叫做積善。」張柔因祖父遺下寃孽，所以無子，但他既然行善，可轉世做「清福中人，享此快活」。

欲望與正義的十字路口

對於世間所留下來的不平與命運的作弄，包公在陰司都根據道德原則給予救濟，這似乎證明了天道的存在，但事實上，如果「天行健」，天道能自己無礙地運轉，又何需假包公之手？所謂天道，主要還是要靠包公的執行才得以彰顯，因此，實際上，它是一種人道，正義是世人對天地不仁所發出的人性的要求。

而包公要在虛無飄渺的陰司才能對不公的命運提出最後的救濟，這多少表示，在現實世界裡，命運並非正義的範疇，正義對個人坎坷不平的命運是愛莫能助的（個人命運與階級命運成為正義的議題，是近一兩百年始出現於西方的觀念）。

如果我們用簡單的二分法，把出軌的欲望視為依快樂原則而行事的原我，將追討的正義當做依道德原則而行事的超我，那麼《龍圖公案》就是超我懲罰原我的心靈演劇。在欲望與正義的十字路口，當原我與超我短兵相接時，我們看到了漢民族對欲望所具有的幽暗意識與憂患意識，同時也看到了以第三種知識及地獄審判為奧援的正義的複雜樣貌。

筆者並非有意模糊正義的面目，只是覺得在民間故事與戲劇裡做為正義化身的包公，他不苟言笑的形象太過刻板，想給他一些弱點，使他更像人而已。至於談了那麼多欲望，主要是想指出中國人對此原也有著極深的幽暗意識。有人說，在儒家思想的籠罩下，中國人多憂患意識而少幽暗意識，那是儒家經典所呈現的，它只是中國文化的幽靈，中國人真正的血肉之心恐怕是存在於《包公案》這種流傳民間的故事裡吧！

一笑解千愁：《笑林廣記》的剖析

笑話技巧的主要效果在於精神能量的節約與釋放，它釋放的是已經鬱積在心中的重擔，而節約的則是追求快樂所需的能量。

敵意笑話以攻擊、譏刺、自衛為目的，而猥褻笑話則以性的暴露為目的；性與攻擊剛好是人類受到文明壓抑，而難以自在發洩的兩種本能欲望。

一個人勉力遮掩其缺點，但卻又在這種遮掩中自暴其短，它讓我們發笑，除了落井下石的快感外，還有一種看對方解除「虛偽之重擔」而來的輕鬆感。

猥褻笑話有等級之分，大致可以分為三大類。它們暗喻的對象是我們平日最難以啟齒的，要說得「信、達、雅」兼顧頗不簡單。

攞出撲克臉孔，謀殺笑話

《笑林廣記》是中國的笑話經典，據考證，它成書於明代，編者不詳，但知是由《笑林》、《笑倒》、《笑得好》諸笑話書中，選取較精練深刻者分門別類，滙集成編。龔鵬程先生曾在其重新標校之《笑林廣記》的導讀裡，對中國笑話書的起源、流變與內容有詳細的介紹，但似乎並未觸及「笑話為什麼令人發笑？」這個更基本的問題。

在傳統文人的心中，問「為什麼」這種問題也許是多餘的，《笑林廣記》的原序裡就說：「言者無罪，聞者傾倒，幾令大塊盡成一歡喜場。若徒賞其靈心慧舌，謂此則工巧也，此則尖穎也，此則神奇變幻，匪此思存也。」笑話純粹是為了「博君一粲」、「忘憂解勞」的，頂多只是「供人賞樂之外，別有寓寄」罷了。如果不識趣的去問「有什麼好笑」、「為什麼好笑」，那麼「多事的理智」就會破壞「事物的美貌」，分析無異謀殺！

筆者從小喜歡聽笑話、說笑話、看笑話書，現在依然如此；只是馬齒漸增，「不識趣」的心思也漸濃，在聽了笑話捧腹大笑之餘，就會不自覺地換上撲克牌中的「傑克」臉孔，想要開始謀殺笑話了。而《笑林廣記》就是我今天所欲謀殺的對象，筆者根據的是龔鵬程先生編校的《笑林廣記》版。

笑話與語言學

西方有不少學者雖然不會製造笑話，但卻喜歡分析笑話。笑話（joke）和喜劇（comic）有相當密切的關係，康德（I. Kant）曾說：「一般而言，喜劇的特徵是它只能對我們做暫時的欺瞞。」笑話也有這種特性，一個再好笑的笑話，第二次聽到時，就不再那麼好笑，甚至當你將它轉述給別人聽時，別人捧腹大笑，你卻不見得會笑。

笑話的效果顯然是來自聽者思想的短路，而造成思想短路的則是笑話本身「玩弄語文」（play words）與「玩弄觀念」（play ideas）的技巧。瑞克特（J. P. Richter）說：「笑話是一個偽裝的牧師，他為每一對男女舉行婚禮。」維歇爾（T. Vischer）又補充說：「這個牧師特別喜歡將讓親戚們皺眉頭的一對男女湊合在一起。」很多笑話在「湊合」語文或觀念時，都具有這種癖好，但這些都只是「搔」到笑話的「癢處」而已，仍無法「刮髓剔骨」。

二十世紀以降，精神分析、語言學、思考學（以「思考」人類如何思考為主的一門學問）等都曾對笑話做過較具體的謀殺，筆者擬先簡論語言學、思考學，然後再詳論精神分析的觀點。

語言學家拉斯金（V. Raskin）認為，每一個字詞或句子背後都含有一大堆訊息或概念，我們在聽一個人說話時，捕捉的是他的「語意敘述」（semantic script），並將這些「語意」串聯起來，一方面和他剛剛所說的話中之概念做個比較，並準備繼續收聽他要說的話。這個「語文之流」通常是與「語意之流」或「概念之流」齊頭並進的，而笑話則是利用兩個可以「相容」的「語文之流」，使原先的「概念之流」走進死巷，然後豁然開朗，捕捉到原先難以預期的另一組概念，於是莞爾失笑，或開懷大笑。此一逆轉通常是來自兩組「對比」的概念，譬如聰明／愚蠢、好／壞、非性的／性的等。

《詩經》、《書經》與月經

在《笑林廣記》裡，這種例子可說是俯拾皆是，譬如〈釁門〉一則說：「二秀才往妓家設東敘飲，一秀才曰：『兄治何經？』曰：『通《詩經》。』復問其次曰：『通《書經》。』因戲問妓曰：『汝通何經？』曰：『妾通月經。』眾皆大笑。妓曰：『列位相公休笑我，你們做秀才的都從這紅門中出來的。』」

談話中的《詩經》和《書經》形成一種「概念之流」，而月經和《詩》、《書》兩經因都有一個

「經」字，它們在「語文之流」上是「相容」的，但卻意外地帶來了「概念之逆轉」，原先培養出來的「聖賢」、「非性」的概念之流一下被打散，而為「不潔」、「性」的概念所取代。

從這裡我們多少也可以知道，要覺得一個笑話好「笑」，必須先了解「語文」及其「概念」，小孩子和外國人都聽不懂這個笑話，正是缺乏這種素養。而每個特殊的職業團體（譬如醫師），也都有他們的特殊笑話，因為他們有特殊的「用語」和「概念」。

笑話與水平思考法

提出「水平思考法」（lateral thinking）的心理學家狄伯諾（E. de Bono）認為，人腦懂得幽默，而電腦不懂，因為電腦只會以邏輯推理為主的「垂直式思考」，而人腦則能跳出僵硬的邏輯窠臼，從事「水平思考法」。所謂「幽默」或「笑話」多少是人腦跳出既有的邏輯規範，意識到兩個原本不相干的東西之間產生了新義，而發出會心的微笑。猜謎語也經常需使用這種「水平思考法」，譬如筆者以前看過一個謎語，謎面是「陸小芬闖出名號」，猜《紅樓夢》一人物，謎底是「賴大奶奶」。這就是一種水平思考法，它打破我們慣有的邏輯思考，而賦予「賴大奶奶」這個通俗的人物稱呼一種新義。

有錢者生，無錢者死；割稻與行房

《笑林廣記》中讓我們運用水平思考法而發出會心微笑的笑話，亦復不少。譬如〈貪官〉一則說：「有農夫種茄不活，求計於老圃，老圃曰：『此不難，每茄樹下埋一文即活。』問其何故，答曰：『有錢者生，無錢者死。』」這也是一種水平思考法，因為它對大家所熟知的「有錢者生，無錢者死」這句話做了另一種解釋，而讓我們發出會心的微笑。

又如〈師贊徒〉一則說：「館師欲為固館計，每贊學生聰明，東家不信，命當面對課，師曰『蟹』，學生對曰『傘』。師贊之不已，東翁不解，師曰：『我有隱意，蟹乃橫行之物，令郎對傘，有獨立之意，豈不絕妙？』東翁又命對兩字：『割稻』，學生對曰：『行房』。師又贊之不已，東家大怒，師曰：『此對也有隱意，我出割稻者，乃積谷防飢也；他對行房者，乃養兒待老也。』」

對這個笑話，不勞讀者用水平思考法去理解，因為館師自己就用水平思考法來加以說明了。他所謂的「隱意」，雖然東拉西扯，但居然也使「割稻」與「行房」這兩個原本對不上的東西，產生了意義上的關聯，而讓人莞爾。

笑話技巧的精神分析：濃縮法

語言學和思考學較偏重於笑話的技巧分析，精神分析則兼顧笑話的技巧、目的與來源等，佛洛伊德即曾寫過一本探討笑話的專書——《笑話及其與潛意識的關係》。因為精神分析是筆者比較熟悉的領域，以下的討論就將以精神分析為主。

笑話的技巧可說是五花八門，不時有人推陳出新，事實上，我們很難有一套能涵蓋多數笑話的技巧分類法，也很難區分語文技巧與概念技巧，因為語文的背後必然含有概念。從精神分析觀點來看，笑話的技巧可籠統分為濃縮法（condensation）和置換法（displacement）兩大類，這兩種技巧剛好也是夢運作的法則，我們稍後會再談到笑話運作與夢運作的關係。

濃縮有很多含義，簡短即是一種濃縮，好笑話一定短，太長的笑話一定會減弱它的笑果。龔鵬程在提到中國笑話的流變時，曾舉《笑苑千金》裡一則〈一毛不拔〉的故事，在《笑林廣記》裡被改寫成另一個故事的過程；筆者覺得它最大的效果乃在於將一百三十二個字濃縮成六十五個字。

下面有貓（毛）否與尿在口頭

用同一個詞語來表示兩個不同意思的雙關語，是最常見的濃縮，這又有「同音雙關語」與「同義雙關語」之分。〈問有貓〉一則說：「一婦患病臥於樓上，延醫治之。醫適買魚歸，途遇邀之而去，遂置魚於樓下，登樓診脈。忽想起樓下之魚，恐被貓兒偷食，因問下面有貓（音同毛）否？母在旁曰：『我兒要病好，先生問你可老實說了吧。』婦答曰：『多是不多，略略有幾根兒。』」這個笑話也同時出現在《金瓶梅》一書裡，在明朝，這種雙關語的笑話似乎特別流行。

將兩個字擺在一起，而產生另一種新義，亦為濃縮法。〈尿在口頭〉一則說：「學生問先生曰：『尿字如何寫？』師一時忘卻，不能回答，沉吟片晌曰：『咦——方才在口頭，如何再說不出。』」「尿」與「口」濃縮成「含尿在口」令人發噱的嘲諷景象。濃縮法還有很多變型，限於篇幅，筆者不再贅述。

笑話技巧的精神分析：置換法

置換法是指將本來顯而可見的思路轉移到另一個方向，類似前面提到的語言學方法。在笑話裡，它通常被轉移到荒謬或愚蠢的方向去。〈偷弟媳〉一則說：「一官到任，眾里老參見，官下令曰：『凡偷媳婦者，站過西邊；不偷者，站在東邊。』內有一老人，慌忙走到西首，忽又過東來，官問曰：『這是何說？』老人跪告曰：『未曾蒙老爺吩咐，不知偷弟媳婦的該立在何處？』」「偷媳與否」是主要思路，那位老人只要站到東邊即可，但他卻將它移到一個既荒謬又愚蠢的方向，結果惹人發笑。此類笑話通常是置換者表情愈正經，想法愈嚴肅，效果就愈大。

突顯反面也是一種置換法。〈贄禮〉一則說：「廣文到任，門人以錢五十為贄者，題贈曰：『謹具贄禮五十文，門人某頓首百拜。』師書其帖而返之曰：『減去五十拜，補足一百文如何？』門人答曰：『情願一百五十拜，免了這五十文又如何？』」從「增錢減拜」反轉到「減錢增拜」是一種自衛式的置換，它通常意在挖苦對方。

精神能量的節約與釋放

以間接的方式來暗諭某種事態或想法，亦屬置換法。〈取名〉一則說：「一婦臨產，創甚，與夫誓曰：『以後不許近身，寧可一世無兒，再不幹那營生矣。』曰：『謹依遵命。』及生一女，夫妻相議命名，妻曰：『喚做招弟罷。』」又如〈戀席〉一則：「客人戀席，不肯起身，主人偶見樹上一大鳥，對客曰：『此席坐久，槃中肴盡，待我砍倒此樹捉下鳥來，烹與執事侑酒如何？』客曰：『只恐樹倒鳥飛矣。』主云：『此是呆鳥，他死也不肯動的。』」

笑話的技巧還有很多，一時也說不完，筆者就此打住。整體而言，笑話的各種技巧都能提供我們某種心靈的愉悅，譬如濃縮法能節省我們精神的消耗，符合經濟原則；愈是能將兩組遙遠的概念濃縮在一組語詞裡呈現，就愈經濟，也能帶來愈大的愉悅。置換法則將我們的心靈從僵硬的思路中釋放出來，重拾古老的自由（也就是童稚般天馬行空、不合邏輯的想法；近來不少以童言為主的笑話，用的都是這種置換法），愈離譜的置換，釋放的能量就愈多，也帶來愈大的愉悅。從精神分析的觀點來看，笑話技巧的主要效果在於精神能量的節約與釋放，它釋放的是已經鬱積在心中的重擔，而節約的則是追求快樂所需的能量。

無目的與有目的之笑話

很顯然的，笑話技巧所帶來的愉悅感並非它們好笑的最主要來源，因此，我們還需進一步探討笑話的目的。就目的而言，笑話可分為兩大類：一是無目的的笑話，一是有目的的笑話。無目的的笑話亦稱抽象的笑話，或純粹美學形式的笑話，它別無寓寄，提供給我們的純粹是一種知性的愉悅。

很遺憾的是，《笑林廣記》裡，這種抽象的笑話極為稀少，勉強可以算得上的有〈爭坐〉一則：「眼與眉皮曰：『我有許多用處，你一無所能，反坐在我的上位。』眉曰：『我原沒有，只是沒我在上，看你還像個人哩？』」其實，這則笑話也別有寓寄，只是它譏諷的對象較不明顯而已。

抽象的笑話通常只具有中等度的愉悅效果，聽者雖有清晰的滿足感，但多半只是莞爾而笑，很難有忍俊不住、捧腹大笑的情形。讓人突然爆發出不可遏抑的笑聲的，絕大多數是屬於有目的的笑話。

笑話與夢最大的不同點

周作人先生在《苦茶庵笑話選》裡，將笑話依性質分為挖苦與猥褻，佛洛伊德則將有目的的笑話分為敵意與猥褻兩大類，兩人可說是英雄所見略同。敵意笑話以攻擊、譏刺、自衛為目的，而猥褻笑話則以性的暴露為目的；性與攻擊剛好是精神分析所說人類受到文明壓抑，而難以自在發洩的兩種本能欲望。

敵意、猥褻這兩種有目的的笑話合而觀之，可以說是在降低我們對攻擊與性本能的壓抑（suppression，尚能為意識所知覺者）及潛抑（repression，無法為意識所知覺者）。它們所用的兩種技巧——濃縮與置換，剛好也是夢所用的技巧，運用這些技巧主要是為了降低意識的抗拒，掃除內在的障礙。

但笑話和夢仍有所不同，夢是非社會性的精神活動，它來自人類心靈的內在驅力，人只是被動的做夢，而夢也不冀求被理解，它所用的濃縮及置換都比較隱晦，只有專家才能窺其堂奧，夢可以說是為了保護睡眠，避免不快樂的心靈活動。笑話剛好相反，它是一種追求快樂的社會性精神活動，希冀被理解，所以它所用的濃縮及置換技巧比較淺顯，是多數人都能夠心領神會的。

挖苦與攻擊的笑話

我們從《笑林廣記》的原始分類——它依性質而被分為古豔（官職科名等）、腐流、術業、形體、殊稟（痴呆善忘近視等）、閨風、世諱（幫閒娼優）、僧道、貪吝、貧窶、譏刺、謬誤十二類，即可知除了閨風一類外，幾乎都有敵意或挖苦的性質。被挖苦的有兩大對象，一是地位、知識、財富、道德等可能比自己高的人，也是廣泛的「權威性人物」，譬如官吏、老師、秀才、醫生、富翁、和尚等。茲舉兩例如下：

〈夢周公〉一則說：「一師晝寢，而不容學生瞌睡，學生詰之，師說曰：『我乃夢周公也。』明晝，其徒亦效之，師以戒方擊醒，曰：『汝何得如此？』徒曰：『亦往見周公耳。』師曰：『周公何言？』答曰：『周公說：昨日並不曾會見尊師。』」

另一則〈家屬〉說：「官坐堂中，眾役有一撒響屁，官即叫拿來，隸稟曰：『老爺，屁是一陣風，吹散沒影蹤，叫小的如何拿得？』官怒曰：『為何徇情買放？定要拿到。』隸無奈，只得取乾屎回稟：『稟老爺：正犯是走了，拿得家屬在此。』」

當老師自己晝寢而不准學生晝寢，官命隸捉拿子虛烏有的屁時，對這種無理的侵擾，學生和隸通常只能沉默地咽下，但笑話卻提供了他們積極自衛與安全報復的途徑，它借著一個隱喻回敬了攻擊者，讓攻擊者啞口無言。因此，此類敵意笑話的神髓必然是在答話裡頭，而且在答話結束，笑話也立刻畫上句點，讓聽者或讀者能心無旁騖地分享攻擊的快感。也有權威人士互相攻擊的，譬如〈問禿〉一則：「一秀才問僧人曰：『禿字如何寫？』僧曰：『不過秀才的尾巴彎過來就是了。』這種狗咬狗的情景也能讓旁觀者樂從心上起。

解除虛偽重擔的輕鬆感

另一類被挖苦的對象是盲人、近視、呆子、窮秀才、乞丐、貧民等，照理說這些人並不施壓於我們，應該是大家同情的對象才對，但他們依然受到嘲笑。不過我們若分析此笑話的結構，即可發現它們實具有另外的含義。

先舉兩例：〈問路〉一則說：「一近視迷路，見道旁石上棲歇一鴉，疑是人也，遂再三詰問。少頃，鴉飛去，其人曰：『我問你，不答應，你的帽子被風吹去了，我也不對你說。』」〈子守店〉一則說：「有呆子者，父出門，令其守居。忽有買貨者至，問尊翁有麼？答曰：『無有。』問尊堂有麼？亦曰：『無。』父歸知之，責其子曰：『尊翁我也，尊堂汝母也。何得言無？』子懊怒：『誰知你夫婦二人都是要賣的。』」

這類笑話通常是一個人勉力遮掩其缺點，但卻又在這種遮掩中自暴其短，它之所以讓我們發笑，除了落井下石的快感外，還有一種看對方解除虛偽之重擔而來的輕鬆感，每一個人都難免會有一些短處或缺點，而每一個人又都有意或無意地遮掩它，笑話中的那些人物就像一面鏡子，他們煞有其事的辯詞，像痛苦的呻吟，但卻大聲地為我們說出生命虛偽的真相！

在西方，有很多挖苦猶太人的笑話，本身也是猶太人的佛洛伊德說這些笑話大半是猶太人自己創造出來的，他們是在嘲弄自己的短處。能夠借自我攻擊而解除虛偽之重擔，並取悅他人，也算是一件樂事吧！

猥褻笑話：性器及性行為的暗喻

《笑林廣記》裡的猥褻笑話，除了〈閨風〉一篇外，也散見於其他各篇，它似乎是大家最愛聽、也讓大家笑得最愉快的笑話，我們有詳加申論的必要。

眾所周知，猥褻笑話有等級之分，有的極為粗鄙，有的尚稱典雅，但不管粗鄙或典稚，筆者覺得它大致可分為三類：一類是對性器及性行為的暗喻，這類笑話因暗喻的對象是我們平日最難以啟齒的，要說得信、達、雅兼顧頗不簡單。

〈整嫂裙〉一則說：「一嫂前行而裙夾於臀縫內者，叔從後拽整之。嫂顧見，疑其調戲也，遂大怒。叔躬身曰：『嫂嫂請息怒，待愚叔依舊與你塞進去，你再夾緊如何？』」這個笑話因臀與性太接近了，缺乏距離的美感，只能算達而不雅。

另一則〈鬧一鬧〉稍好一點：「一杭人婦雇轎往西湖游玩，貪戀湖上風景，不覺遲歸。時已將暮，怕關城門，心中著急，乃對轎夫言曰：『轎夫阿哥，天色晚了，我多把錢銀打發你與我鬧一鬧，早行進到裡頭去。不但我好，連你們也落得自在快活些。』」這個笑話比前一個典雅，因為進城和性的關係較遠。

暴露女性對性的興趣

第二類猥褻笑話以暴露女性對性的興趣，甚至饑渴為主。茲舉三例如下：〈後園種韭〉一則說：「有客方飯，偶談絲瓜萎陽，不如韭菜興陽，已而主人呼酒不至，以問兒，曰：『娘往園裡去了。』問何為，答曰：『拔去絲瓜種韭菜。』」

〈底下硬〉一則說：「一人夜膳後先在板凳上睡，翻身說底下硬得緊，妻在灶前聽見，言曰：『不要忙，收拾過碗盞就來了。』」

〈房事〉一則說：「一丈母命婿以房典銀，既成交而房價未足，因作書促之曰：『家岳母房事懸望至緊，刻不容緩，早晚望公，切想一處以濟其急，至感至感！』」

我們可以看出，這三個笑話一個比一個好笑，也一個比一個典雅，關鍵在於置換的技巧，能把愈正經的事跟性扯上關係，就愈具爆笑性。

無辜的猥褻笑話

但最讓人興奮的可能是第三類無辜的猥褻笑話，這裡所謂的「無辜」是指明明和性有關的事，卻被善意地解釋成和性無關。〈丈母不該〉一則說：「女婿見丈人拜揖，遂將屁股一捏，丈人大怒，婿云：『我只道是丈母罷。』隔了一夜丈人將婿責曰：『畜生，我昨晚整整思量了一夜，就是丈母你也不該。』」

〈戲嫂臂〉一則說：「兄患病獻神，嫂收祭物，叔將嫂臂暗捏一把，嫂怒云：『看你肥肉吃得幾塊。』兄在床上聽了，叫聲：『兄弟沒正經，你嫂嫂要留來結識人頭的，大家省得口出客罷。』」

這類笑話之所以讓人興奮不已，主要是因為在無辜的曲解中，默許了性的侵犯。

猥褻笑話的分寸難以拿捏

《笑林廣記》中的猥褻笑話中多半粗鄙不堪，難登大雅之堂的我們就不加以討論。猥褻笑話的流通牽涉到兩個因素，一是說者能說得出口，一是聽者能聽得進耳，因此，猥褻笑話有相當的階級性。《笑林廣記》裡的猥褻笑話采擷自市井民間，它的粗鄙本在所難免，但不管是粗鄙或者典雅，它們的意涵和目的都是一樣的，其差別只在於想像力，當聽者用他的想像力將猥褻笑話加以填補，而成為一個完整的景象或概念時，它們就萬流歸宗了。上流社會的猥褻笑話之所以典雅，有一個原因是上流社會人士的想像力較豐富。

說者說得出口，代表解除自己的內在障礙，而要讓聽者聽得進去，則代表克服外在障礙。而在所有的外在障礙中，又以女性的不能忍受露骨的性為最。在這裡，我們就面對了一個相當有趣的社會現象，當有女士在場時，男人一方面會自我節制，不至於明目張膽地說出太過粗鄙的猥褻笑話；但另一方面，卻又忍不住想說出一些比較典雅的猥褻笑話，結果往往因為分寸拿捏得不準，而被女士斥責為性騷擾，灰頭土臉，自討沒趣。

隱密心靈的窺伺與暴露

從精神分析的觀點來看，猥褻笑話和暴露症有相當密切的關係。當我們無法「做」一件事時，「看」成了一種替代性的滿足，這是窺伺症與暴露症的心理動因，窺伺與暴露其實是一體的兩面。猥褻笑話和真正窺伺症與暴露症的差別，就好像脫口秀和脫衣秀之異，脫衣秀涉及的是肉體的暴露與窺伺，而猥褻笑話的脫口秀涉及的則是心靈的暴露與窺伺。一個男人講猥褻笑話，自我暴露是小事，也不是快感的主要來源，他最大的快樂是窺伺女性聽了這個笑話後，因理解而害羞臉紅或者笑得花枝亂顫時的心靈暴露。

我們在前節裡提到，第二類的猥褻笑話以暴露女性對性的興趣乃至饑渴為主，這是死的心靈暴露，目睹女性因聽這種笑話而掩口輕笑或放浪大笑，看到的則是活的心靈暴露。有了這個認識後，我們就可以理解為什麼一個男人聽了一個好聽的猥褻笑話後，都渴望將這個笑話講給他的女同事聽，但卻不見得會講給自己老婆聽。在一個和自己相熟但又無肌膚之親的女性面前暴露自己跳脫的靈魂，並窺伺她受到激蕩的靈魂，是猥褻笑話最大的魅力所在。

虛幻的方式，替代的滿足

總而言之，一個笑話之所以好笑，牽涉到很多因素，笑話的技巧所帶來的愉悅以知性的為多，而笑話的目的所帶來的快感則主要是感性的。最好笑的笑話一定是技巧和目的都臻於上乘之境者，但笑話和夢一樣，都是一種替代性的滿足，都是以虛幻的方式獲得滿足的途徑。

當然，就笑話的多樣性而言，《笑林廣記》明顯地缺乏嘲笑體制的政治笑話，但也沒有嘲笑異民族的種族笑話，這也許是原書編者取樣的問題，也許是當時的政治社會環境所使然，筆者對此不擬深論。除了這兩者外，筆者發現，無論就笑話的技巧或目的而言，中國的笑話與西方的笑話有很多類似的地方，就像中國人的夢和西方人的夢具有同樣的運作法則般，這大概是所謂的「人同此心，心同此理」吧！

拉拉雜雜寫了這麼多謀殺笑話的贅文，笑話絕不會因我的謀殺而死。最後忍不住想說一個笑話：有一個老翁七十又得一子，賀客盈門，曰：「老當益壯，不簡單。」老翁赧然曰：「不敢當，實在是『多此一舉』！」

我這篇文章，該不會是多此一舉吧！

《梁祝》與《七世夫妻》：閒談浪漫愛及其他

古典浪漫愛的兩個要件是「欲望不得消耗」與「死亡」，它並非中國的梁祝故事所獨有，而是古今中外皆然的。

《七世夫妻》裡的浪漫愛，還停留在「抱住求歡不遂」的階段；但到了電影《梁山伯與祝英台》，已做了一些必要的改裝，而使它趨於精緻化。

殉情的男女主角透過此一「死亡的抉擇」，回絕上天的眷顧，抗議命運的作弄，同時見證了人間愛情的不朽。

女觀眾著迷凌波，「女人捧女人」並無道德上的禁忌，但在這種「捧」中，女觀眾所宣洩的主要仍是對那虛無縹渺的理想男人的愛意。

餘音繚繞的《梁山伯與祝英台》

今年(一九八八年)婦女節,全台八十餘家戲院再度聯映《梁山伯與祝英台》。這部古裝黃梅調電影曾重映多次,每次均造成轟動。二十餘年前當它首映時,筆者就躬逢其盛,當時正值情竇初開的思春年華,青稚的心弦被那浪漫淒美的愛情故事與畫面撥弄得絲紛音亂;弦韻心聲,將我引進一個迷離恍惚的世界中,有很長一段時間餘音繚繞,悲愁著臉,彷同劇中的梁兄哥,同時喜甜著心,暗慕劇外的梁兄哥。

它的重映使筆者驚覺歲月的無情,如今已是年近不惑、意長情短的中年心境;心弦早收,不復有浪漫遐思,只適合用這支禿筆彈些弦外之音,冷靜地來分析梁祝這個愛情悲劇,以及環繞它的一些問題,聊以紀念逝去的少年情懷。

一則浪漫淒美的愛情悲劇

梁祝故事見於《七世夫妻》此一民間通俗小說中(本文根據的是台北文化圖書公司《中國民間

通俗小說》版），電影與原故事稍有出入（下詳）。

在原來的故事裡，祝英台女扮男裝赴杭州讀書，與梁山伯在草橋關義結金蘭，同窗共硯三年，英台見山伯是個志誠君子，心暗許之，一日思歸，留下花鞋一隻，托師母做媒。山伯長亭相送，在送別途中，英台真情暗吐，但山伯卻恍若呆頭鵝般難以領會。直至數月之後，山伯亦辭學歸家，師母告知實情，他才興沖沖地前往祝家莊，可惜來遲了一步，英台已被父親許配給馬文才。晴天霹靂，山伯猶如懷中抱冰，在花園敘舊時，他對英台動之以情，責之以義，奈何英台無力回天，只能好言相勸。經此折騰，山伯美夢成空，而情絲難斷，竟患了相思之症，茶飯不思，終至一命嗚呼。英台聞耗亦痛不欲生，親往梁家弔唁。馬家迎娶之日，花轎路經山伯新墳，突然狂風大作，英台下轎祭拜，山伯墳墓裂開，英台往墓中一跳，結果兩人變成一對花蝴蝶，向空中飛去。

有情人不得成為眷屬，乃至雙雙魂歸離恨天，這當然是一個浪漫淒美的愛情悲劇，筆者將在下文《七世夫妻》的整體結構中，討論它的浪漫與淒美，現在先行剖析梁山伯與祝英台這兩位主角的心理形貌。

祝英台：開朗、沉著、果敢的女性

在故事裡，祝英台是個外向、開朗、沉著、果敢的美麗少女，她活潑好動，打秋千的技術高超，喬裝賣卦先生哄騙老父，又女扮男裝到杭州，混在一大堆男人中讀了三年書；其間幾次差點被山伯識破女兒身，但都被她冷靜地應付過去。見山伯眉清目秀，一派風雅，志誠可靠，心生愛慕，主動托師母做媒，並在長亭相送中，頻頻向山伯示愛。這樣一個奇特的前衛女性，為什麼會在回到家裡後，聽命於父親的安排，違背前心，辜負山伯的一片深情，而沒有絲毫的反抗意識呢？筆者認為，這是她的愛情觀與婚姻觀有別使然，愛情是私人事件，而婚姻則是社會事件，愛情是婚姻的充分條件，但並非必要條件，婚姻所必要的乃是說媒、下聘、迎娶等社會儀式。因此，英台會留下花鞋，托師母做媒；長亭相送中，又提醒山伯，家中小妹「今日親口許配於你，你可早日回家，請出媒人說親」。回到家中後，焚香拜禱，「保佑梁兄早日前來議婚」、「倘若父母把親事許配他人，那時梁兄前來，也是悔之不及，枉費了奴家一片愛慕之心」。直到山伯果真遲來，花園敘舊時，英台責怪山伯「我初時叫你早些回來，只怪你自己耽誤了」、「馬家有三媒六證，你的媒人在哪裡？」最後送給山伯三百兩銀子，勸他回家「另娶一位賢德小姐」。

女性的「生殖行為模式」

這固然可以說是編故事的作者硬派給祝英台的觀念，但多少也反映了世間女子的普遍心思，它不只是祝英台所獨有，也是《七世夫妻》中孟姜女、秦雪梅等所共有的。從社會生物學的觀點來看，在性結合中，負擔懷孕、生育、哺乳等任務的女子，其投資遠大於男子，她需要儀式性的保障，能依社會所規定的儀式來示愛者，才是性結合的保障，也可以說是女人對男人愛情的一種考驗。社會生物學家認為，這是由遺傳基因所規畫的生殖行為模式，因此我們也可以將之稱為女性的集體潛意識。很顯然的，梁山伯並沒有通過這個考驗，最後甚至不理會這個考驗，而在花園中「抱住英台纖腰，不肯放手」。但女性在這方面是決絕不可退讓的，已非男性意志的延伸，結果山伯被英台一句「梁兄不必如此」說得心如刀割，意興闌珊。

三年同窗共宿而不及於亂，完全是來自祝英台女性的自持，這種自持為她塑造了完美的形象，激昂了一個男人的生命，但同時卻也將他帶向毀滅之途。

梁山伯：俊秀、拘謹、沉悶的男人

梁山伯這位眉清目秀、一派風雅的書生，在故事的前半段，給人一種拘謹、沉悶的感覺。三年與祝英台日則同桌，夜則同宿，雖然見英台胸前兩乳甚大、白綾小衣上有血跡（月經斑點）、兩耳穿眼等種種跡象，懷疑英台有些「女子模樣」，但總被英台巧言哄過。有一次在深夜寫了個生字，想欺身試探英台，結果反被英台一狀告到老師面前，山伯嚇得「魂不附體」。老師罰他領個大紙箱放在床中，不許碰破，山伯唯唯遵命，以後即不敢造次。從精神分析的觀點來看，不許「碰破紙箱」，固然含有不許「從事性冒險」的象徵含義，但由此亦可知，梁山伯原是個服從權威的人。

在長亭相送中，英台以各種明比暗喻大譜凰求鳳的戀曲，只差沒有直接說出「我要嫁給你」，但梁山伯卻是一路的「愚兄不懂」、「荒唐」、「討我便宜」、「你我就在此地分手罷！」他的無法領會，在原故事是因太白星君攝去他的真魂所致；但在緊要關頭變得呆傻，正暗示他是一個身不由己受命運作弄的人。

男性被愛情催化的原欲

這樣一個拘謹沉悶、服從權威、受命運作弄的書生，在知悉祝英台是個女紅妝，且對他情深似海後，平穩無波的生命開始起了變化，因愛的召喚而展現前所未有的生命力。在師母告訴他真相，出示花鞋憑證後，他立刻離開了學堂，奔上陽關大道，也不返家，直望祝家村而來。見了改著女裝的祝英台，猶如九天仙女下凡，不覺「神魂飄蕩，心旌搖曳起來」。當英台告以爹娘已將她許配馬家後，他雖然猶如「冷水澆頭，懷中抱冰」。但卻像奮戰風車的唐吉訶德，聲言馬家迎娶之時，「自己也要撞轎來娶」。在英台奪走花鞋信物後，悲憤得要到衙門告狀，繼之則「抱住英台纖腰，不肯放手」。

這些激昂的生命力表現，大不類從前，是由熾熱的愛所催化的，但它亦預含了毀滅的種子。毀滅梁山伯的，與其說是外在的橫阻，毋寧說是祝英台本身的決絕；原欲的受阻，使它自外在的客體（祝英台）退縮回來，而以自身及想像中「理想的祝英台」為對象，遂導致了茶飯不思、精神恍惚的相思之症，自我燃燒，終至步上了身毀人亡之路。

梁山伯所無法理解的是，祝英台既有情於他，何以要他接受考驗？而祝英台所無法理解的是，梁山伯既有情於她，何以不接受考驗？

《七世夫妻》中的七對男女

這個考驗，在原故事裡乃是天上的玉帝對金童玉女的一種試煉，甚至可以說是一種懲罰。要進一步分析梁祝愛情悲劇的深意，需從《七世夫妻》的整體結構中去探尋。人間有《七世夫妻》乃起因於某年七夕，玉帝在天庭歡宴群仙時，金童敬酒不慎摔破玻璃盞，玉女對他噗哧地笑了一聲。玉帝大怒，認為二人動了凡念，罰他們貶謫紅塵，「配為夫妻，卻不許成婚」。等到功行圓滿，才能復還本位。

一世夫妻是萬杞良與孟姜女，萬杞良為避秦禍而流落異鄉，躲在孟家花園中，見孟姜女脫衣撈扇，兩人情動。孟父做主為他們完婚，洞房花燭夜時因流痞密報，萬杞良被緝拿赴邊塞造城，到塞三日身亡，孟姜女過關尋夫，哭倒長城，後投河而死。二世夫妻即是梁山伯與祝英台。三世夫妻是郭華郎與王月英，郭華郎至王月英的胭脂店，郎情妹意相互調笑，兩人因他人出現而受阻，密約在土地祠幽會。郭華郎因事遲到，佳人已杳，只見王月英的一雙繡鞋與悲怨詩句，情事不遂，兩人均因風寒與相思而成疾，雙雙歸陰。四世夫妻是王十朋與錢玉蓮，由父母指腹為婚，及長，王十朋中了新科狀元，先因在朝供職後因父母辭世而蹉跎婚事。他致函錢玉蓮，言明三年喪服期滿即請旨完婚。孰料錢玉蓮不堪繼母虐待，留下婚書與花鞋，投江自盡；王十朋在為妻雪冤後，亦因思念與鬱悶而一命歸天。

五世夫妻是商琳與秦雪梅，兩人年幼時由雙方家長割彩矜為憑，日後完婚。商琳後以家道中落，寄居秦家攻讀，見雪梅豔麗，求歡不遂而神思恍惚，一病不起返家療養，商父雖以奴婢愛玉冒充雪梅入侍，亦回生乏術。雪梅聞訊悲痛難禁，往商家弔喪，並教養愛玉所生之子，訓兒成名。六世夫妻是韋燕春與賈玉珍，在白雲庵攻讀的韋燕春出外遊春，見賈玉珍在井邊打水，心生愛慕而挑之，兩人相約三更在藍橋相會。韋燕春先至，天突降傾盆大雨，洪流滔滔，他不忍離去，結果抱橋柱而死，後至的賈玉珍見情郎已死，撫屍痛哭，也跟著自盡。七世夫妻是李奎元與劉瑞蓮，李奎元至洛陽訪舅，巧逢劉家奉旨擺設婚姻擂台選擇佳婿，一時好奇而入場觀望，結果竟被劉瑞蓮所拋的繡球擊中，於是「送入洞房，成就了百年姻好」。

七個故事的深層結構

這七個故事表面上看起來雖有些陳腐，但卻具有如下的深層結構：

第一、前六世與第七世成一對比。前六世的男女都是彼此相愛，卻無法結合；而能「成就一段美滿姻緣」的乃是第七世中彼此素不相識的李奎元與劉瑞蓮。繡球招親儘管荒唐，但畢竟是社會所認可的儀式，是由「天」所匹配的良「緣」。此一對比結構所欲傳達的訊息，不只是李奎元所說「世間萬事由天定，算來一點不由人」的宿命觀，還有「愛情並非婚姻的必要條件」、「自主性的愛情是必須受到懲罰」這些社會教化意義。

第二、前六世夫妻代表金童玉女所經歷的六次劫難，情節雖然不一，但卻重複著如下的主題變奏：「欲望不得消耗」與「死亡」，而這兩個主題正是我們今日所理解的「浪漫愛」的終極含義。編故事者也許是要將這些愛情悲劇歸諸天意，而在最後為他們安排一個美滿的結局；也許是欲假借天意，陳述他那個時代所特有的愛情觀、婚姻觀、宿命觀與教化觀；但不管出於何種動機，在「天」與「人」的模糊之際，它為我們呈現出了浪漫愛的普同結構，此一結構並非中國所獨有，而是古今中外皆然的。

浪漫愛、痛苦與死亡

精神分析大師佛洛伊德說：「柔情乃是肉欲的昇華。」詩人葉慈說：「欲望會死亡，因為每一次觸摸都耗損了它的神奇。」精神分析學家和詩人都同時體會到：性欲一經消耗，就會減損情愛的強度，只有不能消耗的性欲才能濃縮、提煉出清純而又熾烈的浪漫愛。性欲因受阻而不能消耗，因此各種橫逆、困難、挫折、痛苦就成為浪漫愛必備的條件，而且是愈挫愈勇。初始的愛意也許是來自性本能，但它的無由消耗終於使愛逐漸獨立成為一種新的感覺經驗，它的對象也逐漸由對方的肉身轉移到自己內心騷動的感覺，當事者開始愛上愛情本身，以及愛情中的喜樂與痛苦。於是浪漫愛成為一個感情的黑洞，吸融一切，使當事者茶飯不思，全心全意的放棄自我，沉溺在自己的感覺中。

在西洋，中世紀遊吟詩人的謳歌為浪漫愛開發出一個更高的境界：愛成了一種「非性與無望的熱情」（non-sexual and hopeless passion），與對方結合並非這種浪漫愛的目的，當事者所傾慕的是一個經過理想化的完美女人，她的完美令人神往，也令人自慚形穢，因此，愛不僅是一種自我感覺的體驗，同時也是一種自我淨化與自我提升的過程。

《七世夫妻》裡的浪漫愛，較缺乏這種精緻度，還停留在「抱住求歡不遂」的階段，梁山伯的生命並沒有因愛而獲得太多的淨化與提升。但不管是粗糙的浪漫愛或精緻的浪漫愛，都免不了死亡的結局。要使愛維持在高亢狀態，除了消耗的問題外，還有時間的問題；時間會使感覺弱化，欲望消褪，只有肉體適時的毀滅才能使欲望與激情永遠懸擱在它的顛峰，同時使偉大的愛情故事永遠懸擱在讀者或觀眾的心靈中。因此，偉大感人的愛情故事永遠是個以痛苦與死亡來收場的悲劇。

梁祝故事的變與不變

《七世夫妻》中的梁祝故事，雖屬粗糙的浪漫愛，但在後來的戲曲與現代電影中，已做了一些必要的改裝，而使它也趨於精緻化。這些改裝包括：

一、將性與愛更加分離。原故事裡，在杭州讀書時，梁山伯看見祝英台白綾小衣上有月經斑點；在花園敘舊中，緊緊抱住英台纖腰，不肯放手；相思成疾後，在家中扯住丫環，高叫：「賢妹，你來了，真是天從人願。」……這些讓人聯想到性的情節都被刪略了，它旨在強化梁山伯對祝英台的愛乃是清純的「非性之愛」。

二、撤銷天庭勢力的介入。在長亭相送中，山伯無法領會英台吐露的真情，原本是因為太白星君的介入，攝去山伯真魂而換上個呆魂所致，所謂「天上掉下無情劍，斬斷人間恩義情」，但在電影裡，卻是緣於梁山伯自身清純無邪的心靈，強調了浪漫愛的人間性。

三、突顯階級意識與人品風格，在原故事裡，梁家乃是「家財萬貫，騾馬成群」的富豪，但在後來的戲曲及電影中，則成為茅屋兩三間的「貧戶」；而馬文才原本也是個「人品出眾，滿腹文章」的濁世佳公子，但卻被貶抑成尖嘴猴腮、好吃懶做的紈綺子弟；在家世與人品方面，和梁山伯恰成一鮮明的對比，藉以襯托出梁祝之愛的悲壯與淒美。

每個時代的人都會自覺或不自覺地修飾先人所流傳下來的神話或傳奇，使它能更符合自己的認知架構與時代意識，但其中仍有一些不想或不容更改的特質，它亙古彌新，可以說是分析心理學裡的原型，也可以說是結構主義裡的普同結構，梁祝故事在蛻變中的不變本質，依然是在前面所說的「欲望不得消耗」與「死亡」。

殉情——悲壯的抗議

很少人知道《七世夫妻》中李奎元與劉瑞蓮的那一段美滿姻緣，因為它一點也不感人。令人傳誦不已的反而是梁山伯與祝英台、萬杞良與孟姜女、商琳與秦雪梅的愛情悲劇，而這些悲劇乃是玉帝刻意安排金童玉女到人間所受的折磨。為什麼「上天的折磨」會成為「人間的至情」呢？這多少反映了人間和天上具有不同的律則。

情愛是凡念，天上不朽的神仙是沒有情愛、也不應該有情愛的（希臘諸神雖也談戀愛，但因為他們不會死，結果使諸神間的戀愛變得囉哩吧唆，相當煩人），金童玉女因為動了凡念，彼此有了情意，所以玉帝罰他們到人間受些折磨。對天上與人間這兩個世界，我們可以理出如下的二元對比：

天上／人間
無情／有情
不朽／短暫
秩序／騷亂
安適／悲苦

人間是個有情世界，但相對於理想中的不朽仙界，它是短暫的、騷亂的、悲苦的，而這也正是人間浪漫愛的屬性。「問世間，情是何物，直教人生死相許？」歷來即有不少騷人墨客發出此種疑問與浩歎，死亡看似上天對人間痴情者的懲罰，但同時更是人間痴情者的一種抉擇、一種模擬與一種抗議。在《七世夫妻》的前五世中，太白星君從中作梗，目的只是要拆散人間的恩愛男女，並非要置之於死地，後來這些男女雖各因此一橫阻而勞役死、相思死、悲痛死等，但多少給人「身不由己」的消極感覺。直到第六世的韋燕春與賈玉珍，韋燕春在藍橋痴候，太白星君興風作浪，弄出一場傾盆大雨，原意也只是在於阻擾，但韋燕春卻寧可「抱柱而死」也不做絲毫的退讓，透過此一死亡的抉擇，他回絕上天的眷顧，抗議命運的作弄，同時見證人間愛情的不朽。「生命誠可貴，愛情價更高。」痴情者為我們塑造了有別於上天意旨的人間典範。

也許是因為韋燕春悲壯的抗議，而使天庭或編故事者在第七世為他們安排了一段美滿姻緣，就像西洋的浪漫愛，經過幾世紀的「反婚姻」，到十七世紀也開始出現了以結婚為結局的美滿故事。但令人感動、令人傳誦不已的依然是以死亡為結局的愛情悲劇，人間最甜美的歌訴說的總是人類最悲壯的處境。

理想異性與電影中的角色反串

《梁山伯與祝英台》這部電影之所以造成轟動，令人著迷，除了我們觀賞悲劇時所產生的道德同情與審美同情外，還有性別角色的錯置問題（電影的技巧此處不論）。一個有趣的現象是：在劇中，令梁山伯著迷的是女扮男裝的祝英台；但在劇外，令觀眾（特別是女觀眾）著迷的反而是女扮男裝反串梁山伯的凌波。這可以分成兩方面來討論：

第一，分析心理學家榮格認為，每個人的心目中都有一個理想的異性形象，稱為內我；男人的內我（心目中的理想女人）叫做anima，女人的內我（心目中的理想男人）叫做animus。凌波是個女人，她所反串的梁山伯是個痴情男子，當她嘗試以自己心中的內我來呈現一個痴情男子的形貌時，她同時也呈現了大多數女性心中的內我，也就是她們心中的理想男人，只有女人才曉得女性心中的理想男人是副什麼模樣。這種情形就好像梅蘭芳男扮女裝演楊貴妃，而令張季直、蔡元培、梁啟超等男人擊節歎賞一樣，因為梅蘭芳演活了他們心目中的理想女人。

第二，女觀眾著迷凌波，不只是因為凌波演活了她們心目中的理想男人所產生的移情作用，同時因為凌波是個女人，在現實社會裡，「女人捧女人」並無道德上的禁忌，她們可以堂而皇之地大捧特捧，但在這種「捧」中，女觀眾所宣洩的主要仍是對那虛無縹渺的理想男人的愛意。

性別角色的混淆，現實與虛幻的混淆，俗世男女所需要的大概只是一場夢幻式的浪漫愛吧？「此情只應天上有，人間哪得幾回見？」天上是沒有這種浪漫愛的，而人間有的又是什麼？我竟一時糊塗，不知該說什麼才好。

《蛇郎君》與《虎姑婆》：對女性的性教誨

為了替父親贖罪而嫁給蛇郎君的孝順女兒，為什麼會飽受折磨？因為在孝順的美名之下隱藏了難以言說的性動機。

愛是高貴美麗的，而性卻是醜陋如獸的，在男性沙文主義社會裡，如何將一個少女調教成既有愛又能性的可欲對象，實在是煞費周章。

《虎姑婆》和《小紅帽》同樣在暗示一個母親對女兒的叮嚀：對性的危險提出警告，並提醒她不能隨便喪失貞操。

兩個故事也都有強調女性生育之榮耀的意涵。如何避開危險的性而又保有生育的榮耀，是一個母親對女兒的衷心期望。

並非土產的台灣民間故事

在台灣民間故事裡，《蛇郎君》與《虎姑婆》是大家耳熟能詳的。筆者小時候不僅聽大人講述過這些故事，也看過根據故事改編而成的電影，所以印象非常深刻。

台灣雖然多蛇，但在筆者看過的電影中，《蛇郎君》卻做印度王子的打扮；而台灣不產老虎，《虎姑婆》的故事顯然也是來自外地。事實上，根據民俗學家的考證，與《蛇郎君》及《虎姑婆》類似的故事亦流傳於大陸各地；要對這些故事尋根並非筆者所長，亦非興趣所在。在多年的涵攝與沉澱之後，它們已是本土文化的一部分，筆者主要的興趣是想以有別於傳統的角度和鏡頭，來豐繁這些故事的樣貌，深刻這些故事的意義，在它們逐漸淡出於年輕一代的視野中時，希望能重新引起人們的興味與關注。

這兩個故事因過去均以口傳為主，在細節上多有出入，筆者以下的分析根據的是施翠峯先生的《台灣民譚探源》一書。在施先生的分類裡，《蛇郎君》屬於「道德譚」，是個「強調道德、孝順、報應等綜合性道德意義的民譚」。而《虎姑婆》則屬於「機智譚」，是「在治安不良的古代，父母做為管束子女的最好教材」。但「故事中最有趣的是阿金的機智」。從傳統的觀點來看，這種說法大抵是不差的，本文不擬重複這些說辭，而想提出完全不同的看法。

《蛇郎君》裡的蛇、父親與女兒

《蛇郎君》故事大意如下：李遠月有兩個女兒，特別喜愛花，李遠月買不起，只好到有錢人家的花園裡去偷摘。某夜，李遠月又去偷摘花時，被花園裡的一個年輕人撞見。李遠月跪在地上請求年輕人原諒，但對方似乎不肯放過他，李遠月為了賠償並求原諒，提出「願把一個女兒嫁給你」的條件。年輕人認為是好主意，說好一個月後前往李家迎親。李遠月回家後，就後悔自己的魯莽，但不得不把經過告訴兩個女兒，大女兒為了感謝父親的疼愛，毅然答應要嫁給那個陌生的年輕人，替父親解圍。

一個月後，年輕人果然由數人陪同前來娶親，大女兒看新郎相貌並不難看，心裡暗自高興。當晚，一行人留下來，擠在一個小房間裡過夜，年輕人特別要李遠月準備幾根竹竿。半夜裡，李遠月好奇地往門縫裡偷窺，赫然發現新郎已變成一條大蛇睡在床上，其他人則變成小蛇盤在竹竿上。又驚又愁的李遠月翌晨即將昨夜目睹的情形告訴大女兒，想要毀婚。但大女兒認為這是命運的安排，也擔心拒絕可能帶來的後果，還是決定嫁給蛇郎君。

李遠月不放心，陪著女兒到新郎家。他發現蛇郎君的家是豪華的大宅邸，在那裡他備受款待，女婿還送給他很多禮物，於是他就滿心歡喜地回家了。二女兒從父親口中知道姊姊竟能嫁到有錢人家，內心羨慕不已。幾天後，她說她想見姊姊，而來到鄰村的蛇郎君家。蛇郎君剛好不在，在吃飯時，妹妹偷偷在酒裡下毒，把姊姊毒死了，將屍體埋在屋後，然後自己扮成姊姊。蛇郎君回來後，雖然覺得新娘有點不一樣，但卻被妹妹巧言蒙混過，於是妹妹就取代姊姊，成為蛇郎君的妻子。

姊姊死後變成一隻麻雀，在妹妹面前唱出她謀殺親姊姊的歌曲，妹妹怒而殺死麻雀，埋在井邊。井邊長出竹子，妨礙妹妹到井邊汲水，妹妹又將竹子砍了，做成竹椅，但當她一坐上去，竹椅便翻倒，妹妹遂怒將竹椅放到火灶裡燒成灰。鄰居的太太前來討些灶灰，在灶灰裡發現一塊年糕，於是偷偷將年糕帶回家，放到被窩裡，想留給兒子吃。當兒子回來，老太太掀開被窩，卻發現年糕已變成一個女嬰，於是老太太將女嬰撫養長大。

十幾年後，女嬰已長成一位美麗的少女，她因機智地回答蛇郎君問老太太的問題，而得以和蛇郎君見面。兩人相見，蛇郎君發現少女很像他以前的妻子，少女這時才將一切經過告訴蛇郎君，說：「我才是你真正的妻子。」蛇郎君此時才如大夢初醒，帶妻子回家。妹妹看到姊姊突然歸來，曉得自己的罪惡已暴露，慚愧得仰藥自殺。從此以後，蛇郎君夫婦又過著幸福而愉快的日子。

孝順的女兒何以飽受折磨？

世界上很多民族，都有「物老成精，幻化成人」的神話或童話故事。在由蛇變人的故事中，我們最容易聯想到的是《白蛇傳》，但若拿《白蛇傳》來和《蛇郎君》相較，我們立刻會發現，《蛇郎君》的故事不僅簡單，而且缺乏一個好故事應有的內在邏輯。譬如偷摘花這種小罪為什麼需以嫁女兒這麼大的代價來抵償？富有的年輕人為什麼不分青紅皂白地就接受了？姊姊在父親告訴她對方是蛇後，她為什麼一點也不擔心？甚至連一絲想查證的好奇都沒有？死後復生的姊姊就住在蛇郎君家的隔壁，為什麼需等到再長成一個美麗的少女後，才能和蛇郎君相見？而李遠月這個爸爸為什麼對兩個女兒的下落都一直不聞不問？

關於這些「為什麼」，我們當然可以說，《蛇郎君》只是一個拙樸的民間故事而已，不像《白蛇傳》先後經過很多文人的潤飾，所以難免會有「思慮不周」的地方。但這也使它所欲傳達的「誠實、孝順、報應」等教誨缺乏內在邏輯性，也因此而使得筆者覺得，《蛇郎君》這個故事本來想要傳達的恐怕並非上述那些符合儒家與佛家思想的教誨，而是另外的東西。

故事裡的大女兒，基於對父親的一片孝心，而嫁給了蛇郎君，結果卻飽受劫難（雖然最後又和蛇郎君團圓，過著幸福而愉快的日子，但那已是十幾年後的事）。如果這是一個強調孝順的故事，為什麼要給一個孝順的女兒這樣的打擊和折磨？筆者認為，《蛇郎君》其實另有一個重要而為人所忽略的意涵：那就是「性的教誨」。當父親後悔，不想讓女兒和一個本質是蛇的男人結婚時，大女兒仍堅毅地要隨對方而去，孝順的美名之下似乎隱藏了難以言說的性動機。從精神分析的觀點來看，蛇是陽具的象徵，是讓一個少女感到好奇、焦慮、恐懼、迷惑與滿足的複雜對象，但故事裡的大女兒，對蛇卻沒有任何的焦慮、恐懼與迷惑，反倒讓人覺得她是相當滿足的。男性沙文主義的社會必須挫折女性的這種反應，所以編故事者在彰顯大女兒的孝心時，又不自覺而巧妙地安排出對這種女人的打擊和折磨。

這個跳躍式的結論也許令人驚訝，但因《蛇郎君》故事本身的拙樸，下面我想以兩個相類似的故事和《蛇郎君》做個比較，並填補上述結論的空白不明之處。

希臘神話裡的蛇、賽琪與父親

《蛇郎君》讓筆者聯想到如下的一則希臘神話：

賽琪（Pysche）是一位美麗的公主，但一直無法找到能與之匹配的理想夫婿。她的父親（國王）去請教太陽神阿波羅，阿波羅告訴他，賽琪必須穿著喪服，獨自到山頂等候，到時就會有一隻長著翅膀的蛇來帶她走，娶她為妻。悲哀的父親遵從阿波羅的指示，讓賽琪獨自在山頂等候終夜。賽琪在暗夜中睡著了，醒來後卻發現自己置身在一座美麗的宮殿中，而且還做了這個皇宮的皇后。每天晚上，在黑暗中，她那看不見身貌的丈夫就會來到她身邊，和她溫柔地做愛。他說如果她信任他，就不要想看他的容貌。但賽琪的姊妹一口咬定她丈夫就是那蛇魔，最後，她們說服了賽琪去偷看他的容貌。某夜，當丈夫睡著後，賽琪拿一盞燈去照他。她意外發現，丈夫竟然是一個非常俊秀的美男子，也就是愛洛斯（Eros）。燈光驚醒了愛洛斯，他倉皇溜走，從此失去蹤影。後悔萬分的賽琪，為了尋回丈夫，經過種種劫難，變得又老又醜，被困在一個古堡裡長睡不醒。此時，獲悉消息的愛洛斯才再度出現，用他的箭尖觸醒了賽琪，賽琪也恢復了原來的美貌，從此兩人永遠不再分離，過著幸福快樂的日子。

Psyche是心靈的意思，也是西方心理學（psychology）和精神醫學（psychiatry）的字源，而Eros是愛欲的意思，是肉欲主義（eroticism）的字源。這個希臘神話有很豐富的意涵，我們只談它跟《蛇郎君》相關的部分。賽琪忍不住用「懷疑之光」去探照黑暗中睡著的丈夫，想了解他是不是傳言中的蛇魔，這是人類心靈應有的反應，但《蛇郎君》裡的大女兒卻看不出有這種反應的任何蛛絲馬跡，不過也許正因她缺乏這種焦慮與恐懼的反應，所以她受到了比賽琪更嚴厲的打擊與折磨，要經過十幾年的漫長歲月才能再和她的夫君重逢。

《美女與野獸》中的野獸、父親與女兒

《蛇郎君》故事的開頭，也讓筆者想起《美女與野獸》這個西洋的童話故事：

一個父親有四個女兒，最小的女兒最美麗也最無私，是父親最鍾愛的。當父親要給四個女兒禮物時，小女兒不像三個姊姊要求貴重的東西，只希望有一朵白玫瑰。為了不讓女兒失望，父親只好到一個有魔法的古堡去偷摘白玫瑰，結果被一個人面獸身的年輕人撞見，野獸被這種偷竊惹怒，火冒三丈，要他在三個月內回來接受處罰。

父親雖然如願以償地帶回小女兒渴望的白玫瑰，但也透露了這個不幸消息。小女兒覺得父親闖禍都是因自己而起，三個月後，她堅持自己到古堡接受野獸的處罰。當她到古堡後，住的卻是漂亮的房間，過的也是舒適的生活。野獸愛上了小女兒，三番兩次向她求婚，但她都嚴詞拒絕。不久，她從魔鏡中看到父親臥病在床，懇求野獸讓她回去安慰父親，並答應一個星期內一定回來。

小女兒回家後，父親非常快慰，病也好轉。但嫉恨妹妹的姊姊們一再設計挽留妹妹，使她不能如期返回古堡，最後，她夢見野獸因絕望而面臨死亡，她覺得不忍，於是又毅然地回到古堡。她忘了野獸醜陋的容貌，日夜服侍他，並因野獸對她的溫柔與深情而愛上了他，最後她答應嫁給他。就在這一刻，古堡充滿了光芒和音樂聲，野獸變成了一個英俊的王子。他告訴她，他因被女巫施法才變成野獸，需等一個美人愛上他的美德後，魔法才可破除。於是，兩人從此就過著幸福快樂的日子。

愛是高貴美麗，性卻醜陋如獸

由於故事開頭的極端類似，筆者認為《蛇郎君》和《美女與野獸》必然有著某種歷史的淵源。

《美女與野獸》不僅比《蛇郎君》有著更嚴謹的內在邏輯，也有著更明顯的性教誨意涵。美女對野獸原是排斥、抗拒的，但最後卻接受了，這種接受有兩方面的含義：一是她不能只看一個男人醜陋的外表，而應該去認識他高貴的內在；一是她不能只依戀自己清純的心思，而應該承認自己也有野獸的成分。

愛是高貴美麗的，而性卻是醜陋如獸的，在男性沙文主義社會裡，如何將一個少女「調教」成既有愛又能性的可欲對象，實在是煞費周章，《美女與野獸》多少反映了這樣的社會對一個少女的期待。

如果我們把《蛇郎君》、《賽琪神話》和《美女與野獸》並排而觀，可以發現它們有如下的共同人物：一個美麗的少女、一個鍾愛她的父親、一個如獸般或有著野獸嫌疑的青年以及嫉恨這個美麗少女的姊妹。而其情節又有如下的共同架構：在父親的憐惜與哀痛中，美麗的少女離開父親，去和那如獸般的青年共同生活，但因姊妹的從中阻擾，而橫生一些波折，不過最後又都能克服困難，美麗的少女和如獸的青年終於過著幸福快樂的日子。

一個父親對女兒的性教誨

父親是發動整個故事的導火線。事實上，如果我們能站在父親立場來看這些故事，將會產生更深刻的理解：父親鍾愛他的女兒，但女兒一天一天長大，他知道另一個男人必然會來奪走他心愛的女兒，他覺得不忍，但這卻是他不得不強迫自己吞下的一枚苦果。於是在命運的安排下，這個男人出現了；他具有令父親羨慕的某些條件和能力，但也有著令父親嫌惡的野獸本質（擔心他的寶貝女兒在性方面受到摧殘）。

父親此時的心情非常複雜，他猶豫不決，最後讓女兒自己做決定。結果女兒選擇那個年輕人而去。此時父親失望了，但他不能說出自己的失望，他強忍淚水祝福女兒。不過心中那股受女兒背棄的憤懣還是需要一個出口，於是由依然留在自己身邊的其他女兒出面，去阻擾、破壞那對不知天高地厚的年輕人們的生活。但最後父親對女兒永遠的愛戰勝了他暫時的憤懣，他自動退隱，讓女兒和她的丈夫去追求他們獨立而圓滿的生活。

從這個觀點來看，我們可以說，《蛇郎君》像《賽琪神話》和《美女與野獸》一樣，其背後的深意乃是一個父親對女兒的性教誨。在這些故事裡，母親都被有意或無意地抹殺了。李遠月只能向女兒暗示，那個來娶她的年輕人，在深夜的床上會變成一條蛇，但女兒對父親所透露的此一生命真相，卻沒有絲毫焦慮與恐懼之意，她毅然地要隨那如獸的年輕人而去。父親不知道女兒的這個決定到底是孝順他？還是愛那條蛇？他嫉妒那條蛇，因此當嫉妒姊姊的妹妹去破壞她輕易得到的幸福時，父親對此一直不聞不問。他的心裡似乎在說：「即使這是人生必經之路，但你也不必這麼決絕地離開父親，投向另一個男人的懷抱。在你得到真正的幸福前，你仍必須接受一些考驗和折磨。」

《蛇郎君》和《美女與野獸》有同樣的開頭與類似的結局，但過程卻差異甚大，其間的分野似乎在於父親和未來的丈夫在女兒心中的分量，以及女兒對做為性象徵之野獸的態度問題。一個少女應該讓父親知道，她對父親不只孝順，還有依戀。而她對性不只期待，還有戒懼，這樣才是父親心中的好女兒。

《虎姑婆》裡的母親與女兒

《虎姑婆》故事的大意如下：一位母親和兩個女兒住在山間的獨屋裡，有一天，母親因事必須回娘家，便吩咐兩個女兒好好看家：「無論什麼人來敲門，都不要開門。」當晚，兩姊妹提早關門，上床睡覺。不久，姊姊阿金聽見敲門聲，就把妹妹阿玉搖醒，兩人害怕得抱成一團，不知如何是好。

外面敲門的聲音說：「媽媽回來了，快起來開門呀！」阿金和阿玉走到門邊說：「你不是我們的媽媽，媽媽不會這麼早回來。」門外的聲音說：「因為我怕你們寂寞，特地提早趕回來的。」兩姊妹信以為真地開了門，但進來的卻是一個滿臉皺紋的白髮老太婆，她對驚慌的姊妹說：「不要怕，我是你們的姑婆，住在後面一座山裡，很久沒來啦，今天路過這裡，特地來看你們的。」

兩姊妹這時才轉憂為喜，阿玉更是高興，纏著姑婆說東說西的。睡覺的時候，阿玉吵著要和姑婆睡，阿金只好自己睡在另一張床上。半夜裡，阿金醒來，聽到阿玉的床上傳來吃東西的聲音，詫異地問：「姑婆，你在吃什麼？」姑婆說她在吃生薑，要阿金快點睡。阿金愈想愈奇怪，固執地也要吃吃看，姑婆只好扔一隻到阿金床上。阿金拾起來一看，發現那是妹妹的手指，她馬上明白是怎麼一回事，於是想借上廁所逃走。

由老虎變成的姑婆這時露出老虎的本性，說阿金是牠明天的早餐，別想逃。阿金說服虎姑婆用繩子捆住她的腳，她到廁所就將繩子捆到水缸上，自己則爬到屋外的一棵大樹上躲起來。虎姑婆在曉得自己上當後，奔到外面尋找，發現阿金躲在樹上，就用牙齒猛啃樹幹，想推倒大樹。此時阿金又心生一計，說她願意自己下來，但有一個最後的要求，請虎姑婆煮一鍋油，因她想將鳥巢裡的鳥炸來吃，吃飽之後就會下來讓虎姑婆吃掉。虎姑婆答應她的要求，將煮滾的一鍋油用繩子吊到樹上給阿金。不久，阿金在樹上說她要跳下來了，請虎姑婆張開嘴巴。當虎姑婆張開那血盆般的虎口時，阿金趕快將滾燙的熱油從樹上倒進虎姑婆的嘴裡，虎姑婆慘叫一聲，就被那鍋熱油燙死了。

「千萬不能開門」的性意味

一個能幻化成人形的虎精，要吃人似乎不必這麼麻煩，這個故事確實有彰顯阿金臨危不亂、機智應變的用意。但如果我們考慮到整個問題的關鍵是出在兩姊妹違背了母親的再三叮嚀，而開了那千萬不能開的門時，我們就會發現它的另一個意涵。

從精神分析的觀點來看，「房間」是女性性器的象徵，而「門」則是處女膜或陰道入口的象徵。開門納賓成了引虎入室，妹妹被吃掉，而姊姊也飽受心理的創傷，我們可以說，這是一個母親對女兒性教誨的故事。

這個結論也許像《蛇郎君》一樣令人驚訝，所以我們還是舉一個西洋童話故事來和《虎姑婆》

做個比較，並闡釋其空白不明之處。

《小紅帽》裡的母親與女兒

《虎姑婆》讓筆者聯想起《小紅帽》的童話故事，這個故事說，從前有一個可愛的小女孩，最受奶奶的疼愛，奶奶送她一頂紅絨做的帽子，她很喜歡戴這項帽子，所以大家都叫她「小紅帽」。有一天，媽媽要她拿一塊糕餅和一瓶酒送去給正在生病的奶奶，媽媽叮嚀她：「在半路上要好好地走，不要跑離大路，不要在半路迷失，或跌倒而打破了酒瓶。」小紅帽說：「我會小心的。」奶奶住在森林裡，小紅帽剛走進森林，遇見了一匹狼，這隻狼上前和小紅帽搭訕，小紅帽不知道野狼的邪惡，愉快地和牠交談，告訴牠自己就要去探望生病的奶奶。惡狼心裡有了盤算，牠嘲笑小紅帽一本正經地走路，慫恿她到森林深處去摘花，聽鳥兒唱歌。於是小紅帽走離了正路。

惡狼則乘機跑到奶奶住的屋門前，假裝小紅帽的聲音咚咚敲門，在進屋後，就一聲不響地吞掉臥病在床的奶奶，然後穿著她的衣服，戴上她的帽子，假裝成奶奶，躺在床上。

小紅帽在森林裡摘了很多花後，才想起奶奶，於是趕快前往奶奶住的房子。當她抵達時，發現門是開的，走到床邊，覺得躺在床上的奶奶很古怪，耳朵很長、眼睛很大、雙手很粗、嘴巴好可怕。惡狼說那是為了「看清你、擁抱你、一口吞下你」。說著就蹦出床外，把小紅帽給吞吃了。

惡狼滿足食欲後，舒服地躺在床上打鼾，經過屋外的獵人聽到鼾聲覺得奇怪，走進房內發現躺在床上的惡狼，本欲一槍打死牠，但想到住在這裡的老太婆可能也被牠吞到肚裡，就改用剪刀剪開惡狼的肚皮，於是小紅帽和奶奶都從惡狼的肚子裡爬出來。後來，小紅帽搬來了很多大石頭，填滿惡狼的肚子，再將它縫起來。惡狼醒來後，想要跑掉，但石頭太重了，結果就倒在地上一命嗚呼。

佛洛伊德和弗洛姆（E. Fromm）都曾指出，《小紅帽》有性教誨的意涵：「紅絨做的小帽」是月經的象徵；「不要跑離大路，不要跌倒而打破酒瓶」的叮嚀，是對性的危險及喪失貞操的警告。

一個母親對女兒的性教誨

如果我們把《虎姑婆》和《小紅帽》並排來看，可以發現它們有如下的共同人物：一個擔心女兒的母親、一個日漸懂事的女兒以及一個危害到女兒安全的獸類（在《虎姑婆》裡多了一個更小的妹妹，而《小紅帽》裡則多了一個更老的奶奶）。它們的情節也有如下的共同架構：日漸懂事的女兒終於必須單獨面對某些事情，憂心忡忡的母親一再叮嚀她們「不能如何如何」，但女兒卻在一狡猾野獸的欺騙下，違背了母親的教誨，結果惹禍上身，雖然最後都能化險為夷，但卻使他人受到池魚之殃（妹妹及奶奶），而自己的心裡也蒙上了一層陰影。

阿金母親的叮嚀：「無論任何人來敲門，都不要開門。」跟小紅帽母親的叮嚀：「不要跑離大路，不要跌倒而打破酒瓶。」其實是一樣的，那就是「不要喪失貞操」（酒瓶亦是女性性器的象徵）。性在這兩個故事裡，都被形容為如同野獸吃人般的行為。

當然，《小紅帽》裡的惡狼，很明顯的是試圖奪去女性貞操之惡男人的象徵，但《虎姑婆》裡的惡姑婆卻是女性，她怎麼會是女性喪失貞操的罪魁？要理解這個問題，我們就不得不觸及這兩個故事更深刻、也更隱晦的另一個意涵。

在《小紅帽》裡，小紅帽將石頭填進惡狼的肚子裡，使惡狼重得跌倒致死。她為什麼要採取這種奇怪而複雜的報復手段呢？肚子裡裝石頭是「不孕」的象徵（不孕的婦女亦被稱為「石女」），這個故事也有嘲弄男性缺乏女性所具有的生育能力的意思。如果我們能將「虎姑婆」視為「虎」與「姑婆」的濃縮象徵，那麼就會發現，「虎」代表的是「吃人野獸」，而「姑婆」亦恰是「不孕」的象徵（在台灣話裡，「姑婆」是「老處女」的意思）。野狼和虎姑婆都是不能生育的，都和含苞待放、具有生育能力的少女敵對，但最後也都受到譴責，因此，這兩個故事有強調女性生育之榮耀的意涵。

我們可以進一步說，在《虎姑婆》和《小紅帽》裡，一個母親對女兒的性教誨是：她提醒女兒性的危險，警告她不可隨便喪失貞操，但這種提醒也不能矯枉過正，因為生育能力畢竟是女性值得驕傲的特點，而它唯有透過性始能完成。如何避開危險的性而又保有生育的榮耀，是一個母親對女兒的衷心期待。

多一種詮釋，多一分生命力

也許有人會說：《蛇郎君》和《虎姑婆》只是講給小孩子聽的民間故事，即使有你所說這麼深奧的性教誨，也是小孩子無法理解的，甚至是大人意料之外的，它們顯然不是這些故事的用意。那麼縱然你舌粲蓮花，講得天花亂墜，也是牛頭不對馬嘴，毫無意義。

這牽涉到神話和童話故事的起源與用意問題。我們常以為，故事是為了教化人心才編出來的，而忽略了在故事形成過程中，更深層的心理動因。舉個例子來講，為了教孝，有人選編了二十四孝的故事，但我們若分析這些故事，就會發現其中有三分之一說的其實是滿足口欲的問題，譬如《臥冰求鯉》、《孟宗哭筍》、《懷橘遺親》、《乳姑不怠》等。前台大精神科的徐靜醫師曾說，它們洩露了中國人「口腔依賴型」的人格特質，選編故事的人想到的雖是教孝，但卻不自覺地洩露了另外的東西，也就是更深層的心理動因──潛意識的內涵。

事實上，很多故事並非為了我們現在所認同的用意才編造出來的，而是經過漫長時間的醞釀、口傳、修改、合併才成形的，它最初的源頭恐怕都已不可考。我們有理由相信，《蛇郎君》和《虎姑婆》的歷史必然已相當久遠，特別是我們拿它們和西洋故事相比較，而發現它們之間竟有著極為類似的結構時，我們就不得不懷疑，這些故事是取擷自廣袤的人類心靈的遺產，它們有著隱晦的象徵意義。

以上的分析並非在排斥《蛇郎君》與《虎姑婆》的傳統意涵，而是希望能多給它們一種詮釋，多增加一分民間故事的生命力。

怪力亂神：
《子不語》中的靈魂物語

《子不語》一書的「怪力亂神，遊心駭耳」主要是在宣洩被儒家的憂患意識所壓抑、鬱積於心中的宗教感情和幽暗意識。

傳統中國是形神與靈魂二元論者：「魂」是使「神」發揮作用的原動力；而「魄」則是使「形」發揮作用的原動力，古人認為死後脫離肉體的魂，有時會附在其他肉體上，也就是一般所說的附身。它跟現代精神醫學裡的雙重人格有諸多類似之處。

靈魂的輪迴轉世加上佛家的因果報應，為一個人在人世的際遇窮達，甚至疾病健康等，提出了一個「老嫗能解」的詮釋學。

對儒家思想的補償與反動

袁枚（子才）為清乾隆年間進士，多才多藝，是大家所熟知的一位才子，他和同年代的紀昀（曉嵐）齊名，時人稱為「南袁北紀」。無獨有偶，紀昀著有《閱微草堂筆記》一書，「俶詭奇譎，無所不載」。而袁枚亦著有《子不語》一書，「怪力亂神，遊心駭耳」。

袁、紀這兩位才子，雖非儒學大師，亦飽讀四書五經，乃傑出的孔門弟子，《論語》裡明明說：「子不語怪力亂神」，他們為什麼要違背聖人的教誨呢？傳統的說法是「其大旨悉繫於正人心、寓勸懲。」但這恐怕是一廂情願的看法。筆者以為，《子不語》與《閱微草堂筆記》，乃至千餘年間的筆記小說，之所以充斥怪力亂神，更可能是對儒家思想的一種補償，甚至反動。

做為一種入世哲學，儒家重視的是在此塵世的正心誠意修身齊家治國平天下，是「先天下之憂而憂，後天下之樂而樂」的，這本是好事，但當它上下兩千年，成為一個民族讀書人的基本信仰時，「敬鬼神而遠之」、「不知生焉知死」、「不語怪力亂神」的立場，卻使它嚴重缺乏了宗教信仰中的某些基本要素，以及對奇異現象的探索精神。袁枚說：「昔顏魯公、李鄴侯，功在社稷，而好談神怪，韓昌黎以道自任，而喜駁雜無稽之談，徐騎省排斥佛老，而好采異聞。」可見儒者私底下喜歡搜神探祕，是有其歷史傳統的。在儒家憂患意識的籠罩下，豪邁不拘之士進德修業之餘，心仍有所未盈，意猶有所不盡，於是另闢蹊徑，「采掇異聞，時做筆記」，止所以借此宣洩鬱積於他們心中的宗教感情和幽暗意識也！

最困惑人心的議題——靈魂

袁枚的《子不語》，當視為此類作品。但像大多數的筆記小說，他只是「妄言妄聽，記而存之」，並未嘗試賦予這些怪力亂神某種理論架構，甚至亦未加以分門別類。《子不語》中近千則遊心駭耳之事可謂包羅萬象、蕪雜異常，筆者這篇短文自是難以面面俱到，而只能就中擇取某一類題材來伸述之。筆者所選者名曰「靈魂」，它正是最困惑人心，也最為儒家學者所忽略的問題。

事實上，在中國民間信仰及佛、道思想裡，是有靈魂的理論架構的，袁枚不可能不知，也許為了避免和儒家抗禮的嫌疑，他捨而不用，但筆者在下面的論述中，卻不得不使用這些架構，來鉤沉、排比《子不語》中涉及靈魂的故事，然後賦予他們一些意義。筆者將這些故事分為魂離、僵屍、鬼、附身、前世幾大類，分述如下：

〈莊生〉：靈魂出竅的故事

〈莊生〉是一則「魂不附體」的故事。話說莊生在一姓陳的家中當老師，某日授課完畢回家，路過一座橋時，不慎失足跌倒，他爬起來後繼續走，回到家後，敲門卻無人回應，於是又回到陳氏的家宅。看見陳家兄弟正在下棋，他遂閒步走到屋後，看見園亭裡有一位臨盆孕婦，姿色頗美。莊生自覺非禮而退出，又回去看陳氏兄弟下棋，而且出聲代為指點，但主人卻好像受驚般張惶四顧，沒有採納。不久，忽然燈熄，莊生於是又往回家的路走，到了那座橋，竟又跌了一跤，再度爬起來，回到家敲門，進門後責怪家人上次敲門無人回應一事，家人卻說：「根本沒聽到有人敲門。」第二天前往陳家，說昨天又回來觀棋、見孕婦、燈熄之事，主人驚駭說並沒有看到他回去後又返回，家裡也沒有孕婦；一起到屋後，則看到有菜園半畝，西角有一豬圈，母豬剛剛生下六隻小豬。

故事中的莊生因此而悚然大悟，認為自己在第一次過橋時跌倒，「靈魂出竅」，他返家敲門還有到陳家觀棋、見孕婦臨盆等都只是自己出竅靈魂的經驗，別人根本無法感知。當出竅的靈魂第二次過橋時又跌了一跤，才又重新附體，跟肉體再度合而為一，恢復能思考又有血肉的自我。

大文豪歌德的離奇經驗

在西方，也有很多「靈魂出竅」的故事。譬如德國大文豪歌德有一次和友人結伴回威瑪，在途中忽見另一友人佛瑞利德克，居然身穿歌德睡袍、頭戴歌德睡帽、腳拖歌德拖鞋出現在馬路上。歌德大驚，但因身旁友伴「什麼也沒看見」，歌德很快認為這只是「幻覺」，並擔心佛瑞利德克是不是「死了」。回到家後，歌德一進門就看到佛瑞利德克居然就坐在客廳裡，他還以為又看到了幻影。佛瑞利德克向歌德解釋說，他因在路上成了落湯雞，而狼狽地來到歌德家中，脫下濕衣服，換上歌德的睡袍、睡帽、拖鞋，剛剛在搖椅上假寐時，居然夢見自己走出去，在路上看到歌德和其友伴，還聽到歌德和友伴的對話！

歌德和佛瑞利德克都為此而大驚失色！佛瑞利德克認為自己在夢中「靈魂出竅」，而歌德則認為自己在路上看到了他出竅的「靈魂」。歌德此一離奇經驗，其實較類似《唐人小說》中的〈三夢記〉，但它同〈莊生〉一樣，都需以「靈魂存在說」為前提，事實上，這也是很多民族、很多文化所共有的信仰。這個信仰反映了人類的不朽渴望，肉體會死亡，而靈魂則是不朽的。儒家也有立德、立言、立功三不朽的說法，但這跟「舜何人也，予何人也，有為者亦若是」希望大家做聖人的想法一樣，是讓一般老百姓感到為難的，民間百姓寧可相信自己生來就具有某種不朽的本質，那就是「靈魂」。

靈魂是附身在肉體上的，人死時，靈魂脫離肉體；這種觀念很自然地導致如下想法：生時若遇到類似死亡的情境，靈魂也可能脫離肉體。這些情境包括睡夢時、暫時喪失意識（如跌倒、車禍、手術麻醉等）時，莊生與佛瑞利德克的「魂離」都符合這個模式。

〈南昌士人〉：鬼變僵屍的故事

〈南昌士人〉一文，則是在講述人在死亡時靈魂與肉體關係的故事。話說南昌士人某甲在寺中讀書，與一學長某乙非常要好，某乙歸家後暴斃，一縷孤魂夜裡來到寺中，登床輕撫某甲的背部，與之訣別。某甲驚怖，某乙出言安慰，並以老母寡妻及未付印的文稿相托，說完就要離去，某甲看他言語都還近人情，容貌也跟平日一樣，因而流淚慰留他，死者某乙也跟著流淚，彼此又閒話一些家常。

但不久，某甲見某乙的容貌漸漸變得醜陋腐敗，心生恐懼而催促他快走，變成屍體的某乙竟不走，屹立如故。某甲更加驚駭，於是起而往外奔逃，屍體也跟著隨後狂奔，如此追逐了數里路，某甲翻過一堵牆撲倒在地，某乙屍體則垂首於牆外，口中涎沫涔涔滴到某甲的臉上。天亮後，路過的人發現，給昏迷的某甲灌薑汁，他才甦醒過來，而僵立在牆外的某乙屍體也被送回喪家成殮。

在這個故事裡，死後的某乙在夜裡來訪某甲，剛開始的表現，讓人想到鬼——有思想、情感，還拜託某甲幫他完成未了的心願。但沒多久，容貌變腐敗，而且不再認識生前好友，盲目追逐某甲，口裡還不停流口水，則讓人想到僵屍。鬼與僵屍原是兩種不同的死後存在狀態，但在這個故事裡，不僅同台演出，而且生動地描繪了兩者的關係與演變過程。

傳統中國的靈魂二元論：魂與魄

故事裡的「識者」說：「人之魂善而魄惡，人之魂靈而魄愚。其(故事中的死者)始來也，一靈不泯，魂附魄以行；其既去也，心事既畢，魂一散而魄滯。魂在，則其人也；魂去，則其非人也。世之移屍走影，皆魄為之。」

這裡所說的魂與魄，正反映傳統中國的靈魂二元論：精與氣是構成生命的兩種原始材料，精發育成形（肉體），而氣則凝聚成神（意識、思想），魂是使神發揮作用的原動力，也就是精神性的靈魂；而魄則是使形發揮作用的原動力，為物質性的靈魂。

這個架構雖不能面面俱到地網羅諸子百家裡的各種概念，但卻可以讓我們明瞭《禮記》裡「魂氣歸於天，形魄歸於地」。《關尹子》裡「精者，魄藏之；氣者，魂藏之」及《性理會通》裡「精之神謂之魄，氣之神謂之魂」、「耳目所以能視聽者，魄為之；此心所以能思慮者，魂為之」。這些話的含義，而且也可以讓我們理解為什麼中國人會使用「失魂落魄」、「勾魂攝魄」、「神清氣爽」、「神魂顛倒」、「鍛鍊體魄」這樣的語彙。

魂與魄既是中國人靈魂觀裡的兩個基本符碼，則像其他符碼般，它們可以產生如下四種基本組合：有魂有魄、無魂無魄、有魂無魄及無魂有魄；而人類的四種存在方式：活人、死人、鬼與僵屍則可以說是它們的文化轉譯。

〈飛僵〉與〈兩僵屍野合〉的戲碼

〈南昌士人〉裡的鬼與僵屍，大致遵循上述的魂魄觀。《子不語》中還有不少僵屍的故事，就像前述觀念所透露的，只剩下魄的僵屍，頭髮、指甲等物質性的存在還會繼續滋長，還會蹦跳、流口水，但卻是惡而愚的，不再具有思想、記憶和情感，它的六親不認與如蛆附骨，甚至比鬼還可怕，我們從時下流行的僵屍電影即可知其梗概。

〈飛僵〉一文說某村中出一僵屍，能飛行空中，食人小兒，村人探得其穴，深不可及，求道士捉之。道士請一村人於夜間伺僵屍飛出後，入穴大搖銅鈴（屍聞鈴聲則不敢入），道士與村民則在穴外與僵屍格鬥。等到天明，僵屍撲地而倒，眾人舉火焚之。

〈兩僵屍野合〉一文則說，某壯士於荒寺見僵屍自樹林古墓出，至一大宅門外，有一紅衣婦擲出白練牽引之，屍即攀援而上。壯士先回竊其棺蓋藏之（據聞僵屍失去棺蓋，即不能作祟），俄而僵屍歸，見棺失蓋，窘甚，仍從原路踉蹌奔去，至樓下且鳴且鳴，樓上婦人則拒之上。雞忽鳴，屍倒於地，壯士同人往樓觀之，樓停一柩，有女僵屍亦臥於棺外。眾人知為男女僵屍野合，乃合於一處而焚之。

這兩個僵屍故事，比時下的僵屍電影更恐怖也更有趣，它們不僅有異於流俗的剋制僵屍方法，而且指出僵屍在成為一種長期存在狀態後，只剩下食、色與攻擊等基本欲望。從精神分析來看這種安排也饒有趣味：中國人認為是驅使僵屍作祟的魄是物質性的靈魂，它跟佛洛伊德所說的原我（id）有幾分類似，因為德文裡的id正有英文裡it的意思，是指心靈中物質的成分；魄與原我同樣蘊涵了人的本能欲望：食、色與攻擊。

棺材邊的愛情故事

鬼是人死後有魂無魄的存在狀態，這種說法當然是粗枝大葉，筆記小說裡的鬼，其實相當多樣，它們的特質也因敘述者的不同而異，甚至互相矛盾，《子不語》中的鬼故事也有這種毛病。讓筆者感興趣的並非鬼的現象與本質，而是它除了做為靈魂信仰的一種必然產物外，是否還具有其他的功能？因為鬼通常具有思想、記憶、情感，他們死後還流連於人間，往往是因為有未了的心願、難消之恨、難忘之情等，這類的鬼故事最多，也是大家所熟悉的，這裡就不談。下面筆者挑選另一類鬼故事，來闡述它被忽略的其他功能：

〈煞神受枷〉一文說，李某病亡，已殮，妻不忍釘棺，朝夕哭。迎煞之日（即頭七），妻不肯迴避，坐亡帳中待之。二更見一紅髮鬼卒持叉繩牽夫魂從窗外入。紅髮鬼卒放叉解繩，坐而大啖酒饌，夫魂走至床前揭帳，妻哭抱之，如一團冷雲，遂裹以被。紅髮鬼卒競前牽奪，妻大呼，子女盡至，鬼卒踉蹌走。妻以所裹魂放置棺中，屍漸奄然有氣，天明而甦，後又為夫婦二十年。

〈鬼逐鬼〉一文則說，左某妻病卒。左某不忍相離，終日伴棺而讀。七月十五日，忽有縊死鬼披髮流血，拖繩而至，直犯左某。左某慌急拍棺求救，其妻勃然掀棺起，揮臂打鬼，鬼踉蹌逃出。妻魂謂左某曰：「汝痴矣！夫婦鍾情，一至於是耶？盍同我歸去，投人身，再作偕老計？」左某唯唯，不逾年，亦卒。

這兩個棺材邊的愛情故事，因為棺材、屍體、紅髮鬼卒、縊死鬼的布局，而使夫婦間的情愛增加了一層詭祕的色彩。李某妻是抱著如「一團冷雲」的夫魂，而左某則拍棺急呼「妹妹救我！」最後，一個是死者還陽，重續舊情；另一個是生者歸陰，再做夫妻。因為鬼的介入，而使我們對「問世間，情為何物？直教人生死相許」有了更深刻的體認。棺材與鬼讓我們的情緒騷動，而這種騷動正有助於我們體驗愛情的深度的。

鬼成了靈魂的興奮劑

〈贈紙灰〉一文說，某捕快偕子緝賊，其子夜常不歸，父疑而遣徒伺之，見其子在荒草中談笑，少頃，走至一破屋內，解下衣，抱一朽棺作交媾狀。徒大呼，其子始驚起，歸告母曰：「兒某夜乞火小屋，見美婦人挑我，與我終生之訂，以故成婚月餘，且贈我白銀五十兩。」取出懷中銀，則紙灰耳。訪諸鄰人，云「破屋中乃一新死孀婦」。

這個棺材裡的性愛故事，也為我們提供了另一種詭異的激情，「抱一朽棺作交媾狀」跟「抱一棉被作交媾狀」，所激發的情感反應是很不一樣的，前者將性與死亡、恐怖做了詭祕的結合，似乎更能觸及我們最黑暗、最深邃的靈魂。

這就是我所說鬼的其他功能。鬼雖是靈魂信仰的產物，但它也會反過來觸動我們的靈魂（心靈）。在恐怖的氣氛中，我們的靈魂因鬼而戰慄，這種靈魂的戰慄抖落我們習以為常的鈍感，而對與此情境相關的事件產生更敏銳的異樣感受。在愛情與性方面如此，其他方面也是如此；所以說，鬼是「靈魂的興奮劑」。

靈魂之剽竊——附身

死後脫離肉體的魂，有時候會附在其他肉體上，也就是一般所說的「附身」。《子不語》裡也有不少附身的故事，譬如〈蔣金娥〉一文：農民顧某娶妻錢氏，錢氏病卒，忽甦，呼曰：「此何地？我緣何到此？我乃常熟蔣撫台小姐，小字金娥。」拒其夫曰：「爾何人，敢近我？」取鏡自照，慟曰：「此人非我，我非此人。」錢家遣人密訪，常熟果有蔣金娥者方卒，遂買舟送至常熟，蔣府不信，遣家人到舟看視，婦乍見，即能呼某姓名。蔣府恐事涉怪誕，贈路費，促令回。婦素不識字，病後忽識字，能吟詩，舉止嫻雅，非復村婦模樣。

附身是一種相當複雜的現象，在精神醫學教科書裡，有很多類似這種附身的案例，不過它們均屬於「解離型歇斯底里精神官能症」（hysterical neurosis，dissociative type），也就是一般所說的「雙重人格」。譬如美國的心理學之父詹姆士（W. James）就報告過這樣一個病例：一八八七年三月十四日，在賓州的諾利斯坦，一個叫布朗的雜貨商，突然驚慌失措地問人說：「此何地？我緣何到此？我乃羅德島牧師伯恩也！」鄰居趨前探問，他也惶惑地問：「爾何人？」鄰居打電話到羅德島的普羅文斯查問，果然有一位名叫伯恩的牧師，不過不是去世，而是失蹤。事情的真相是，伯恩牧師在同年一月十七日到普羅文斯領款後，即迷迷糊糊地來到諾利斯坦，自稱名叫布朗，租了一間小店做起雜貨生意來，完全忘記自己過去的身世和經歷。兩個月後才如大夢乍醒，又完全忘記在諾利斯坦的一切，而只記得自己過去的身世和經歷。

附身與雙重人格

在雙重人格的案例裡，也有像錢氏與蔣金娥在言行、舉止、智商方面差異甚大的，譬如利普登（Lipton）報告的一個女病人，她有兩個人格，分別名叫莎莉與瑪烏德，莎莉文靜憂鬱，喜穿灰色平底鞋、不化妝、不抽菸、智商為一二八；而瑪烏德則活潑放浪、喜穿露趾高跟鞋、塗脂擦粉、抽菸，智商為四三。

筆者當然無法說〈蔣金娥〉一文講的就是一個經過加油添醋的雙重人格病例，但從目前精神醫學對多重人格的解釋上，我們卻能獲得有關靈魂的新啟示。用淺顯的話來說，多重人格乃是一個人的肉身內同時具有數種不同的靈魂，而我們每一個人其實都具有這種多重人格的傾向，只是量與程度的問題而已。一九八四年，第一屆國際多重人格研究會於芝加哥召開，與會學者認為多重人格是解開心靈如何影響肉體之祕門的一把鑰匙。這與傳統靈魂信仰裡的附身現象，在意涵上可說非常類似。

在民間信仰裡，正常情況下，脫離死亡肉身的魂，是要到地獄報到，然後投胎轉世的，因為喝了忘魂湯之類的東西，再世為人時，對前世的經歷就不復記憶。不過靈魂既然是一再輪迴，自然就會有人記得前生乃至三生的經歷。〈曹能始記前生〉就是這樣的一個故事：話說進士曹能始路過仙霞嶺，覺山光水色恍如前世所遊，暮宿旅店，聞鄰家有婦為亡夫做三十周年忌，哭聲甚哀，詢其死年月日，正是己所生年月日，曹遂入其家，竟賓至如歸，歷舉某屋某徑，毫髮不爽。前妻已白髮盈頭，不可復認。曹命人開啟關鎖之書屋，塵凝數寸，未終篇之文稿，宛然俱在。

這種「走向過去」的故事在古代相當多，譬如唐宋八大家之一的蘇東坡，在被貶到杭州後，就覺得自己前世曾住在這裡。林語堂在其所著《蘇東坡傳》裡說：「有一天他（蘇東坡）拜訪壽星院，一進大門就覺得景物很熟悉。他告訴同伴，他知道有九十二級石階通向懺堂，結果完全正確。他還向同伴描述後殿的建築、庭院和木石。」

林語堂還提到蘇東坡好友黃庭堅的故事：「詩人黃庭堅告訴別人，他前生是女孩子，他的腋窩有狐臭。他在四川省重慶下游的涪州任職期間，有一天一位少女來托夢說：『我是你的前身，我葬在某地。棺材壞了，左邊有一個大蟻窩。請替我遷葬。』黃庭堅照辦，左腋窩的狐臭就此消失了。」林語堂說：「蘇東坡時代大家都相信前生，這種故事不足為奇。」

前世回憶的心理功能

林語堂顯然認為，前世回憶乃是靈魂信仰的產物，但就像鬼一樣，前世亦另具其他心理功能——它嘗試對個人今生的遭遇提出解釋。譬如黃庭堅的狐臭乃是他前世屍身的蟻窩在作怪；蘇東坡被貶，覺得自己前世就住在杭州，舊地重遊、人生如夢的情懷多少可以化解他心中的抑鬱。《子不語》中也有這類的前世故事，〈羞疾〉一文說：沈秀才年三十餘時忽得羞疾，每食必舉手搔面、如廁必舉手搖臀曰：「羞羞！」家人以為癲，醫治無效。沈秀才自言疾發時，有黑衣女子捉其手如此，不得不然。家人以為妖，請張真人捉妖。張真人請城隍查報，得知沈秀才前世為某鎮葉生妻，黑衣女子乃其小姑，小姑私慕情郎，葉妻在人前以手戲小姑面曰：「羞羞！」小姑忿而自縊。此段前世恩怨遂使沈秀才在今生得了羞疾。

靈魂的輪迴轉世加上佛家的因果報應，構成了一個「老嫗能解」的詮釋學，它不僅可以解釋一個人為什麼會得狐臭、會有羞疾，還可以解釋一個人的際遇窮達乃至群體的興衰。儒家學者說「格物致知」，但民間百姓喜歡的還是「格靈致知」，在事未易察、理未易明的時代，它滿足了人們對「為什麼」的好奇心。

對靈魂信仰的反諷

就《子不語》豐富的素材而言，以上所引，難免有掛一漏萬之嫌，但我們多少已可看出，袁枚所筆記的故事，雖然雜亂無章，實際上相當完備地反映了民間信仰中靈魂的理論架構。不過在滄海之中，我們也看到幾則對靈魂信仰提出嘲諷的故事。〈鬼弄人〉一文說：馮秀才夢神告知今歲江南鄉試題目，次日即預作熟誦之，入闈，果驗，以為必出，結果榜發無名。夜間獨步，聞二鬼咿唔聲，聆之，則其闈中所作文；一鬼誦之，一鬼拊掌曰：「佳哉解元之文！」馮驚疑，以為是科解元，必割截卷面，偷其文字。入京具狀控於禮部，禮部行查，乃子虛烏有。馮生因此獲誣告之罪，謫配烏龍江。

〈棺床〉一文說，陸秀才求宿材屋，主人以東廂一間迎賓。陸見房中停一棺，心不能無悸，而取易經一部燈下觀，期以辟邪。二更猶不敢息燭，和衣而寢。俄而聞棺中有聲，一白鬚朱履老翁掀棺蓋起。陸大駭，屏息以觀，見翁至陸坐處，翻其易經，了無懼色，並袖出煙袋，就燭上吃煙。陸以為此必惡鬼，渾身冷戰，榻為之動。白鬚翁視榻微笑，竟不至前，已而入棺覆蓋。陸終夜不眠，次早詢於主人，始知棺內乃主人之父，並未死，七十大慶後而以壽棺為床，每晚必臥其中，夜出而被陸誤以為鬼。

〈趙氏再婚成怨偶〉則說，布政司鄭某妻趙氏，病卒，臨訣誓曰：「願生生世世為夫婦。」卒之日，劉家生一女，生而能言，曰：「我鄭家妻也。」八歲路遇鄭家奴，指認之，並詢一切妯娌上下奴婢田宅事，歷歷如繪。劉女十四歲，有人以兩世婚姻乃太平瑞事，勸鄭續劉女，時鄭年六旬，白髮飄蕭，女嫁年餘，鬱鬱不樂，竟縊死。

關於靈魂，很多人說：「寧可信其有，不可信其無。」但這三個故事卻告訴我們，因為「信其有」而導致了可笑，甚至悲劇的下場。雖然在《子不語》中，這種醍醐灌頂的聲音是微弱的，但它有點類似佛洛伊德所說「理性的聲音」，佛洛伊德說：「理性的聲音雖然微弱，但除非我們聽從它，否則它的聲音是不會停止的。」

筆者無意在本文中以理性、科學的角度來談論《子不語》中的靈魂物語（對科學觀點有興趣的讀者，可參閱拙著《靈異與科學》一書），理性主義大師康德早就說過：「鬼（靈魂）在公開的場合，總是受到質疑；但在私底下，總有它祕密的相信者。」我們要探尋的是，這種「祕密的相信」代表什麼含義。

死亡的議題，深邃的關注

袁枚在《子不語》的序中說：「文史外無以自娛，乃廣采遊心駭耳之事，妄言妄聽，記而存之，非有所惑焉。」但我看他是大有所「惑」的，而這個「惑」是他所熟知的儒家思想無法為他解開的。

佛洛伊德指出，靈魂信仰乃是來自人類對死亡的恐懼，認為人有不朽的靈魂，可以說是消除此恐懼的一種願望達成。但更進一步看，靈魂信仰實在是在反映人類對死亡的雙情態度：人一方面希望自己有不朽的靈魂，一方面在看到別人的靈魂出現時，卻又會產生莫名的恐懼。《子不語》中的靈魂物語正生動地反映了這種雙情態度，有些靈魂形態是受歡迎的，譬如〈莊生〉裡出竅的靈魂、〈煞神受枷〉裡亡夫的靈魂、〈曹能始記前生〉裡的靈魂，但有些靈魂形態卻是受到拒斥的，譬如〈飛僵〉裡的僵屍、〈鬼逐鬼〉裡的縊死鬼、〈羞疾〉裡的靈魂。

這些靈魂物語，固然多少具備了「正人心、寓勸懲」的功能，但就像我們前面所說的，它另有其他功能，鬼、僵屍、附身、前世等，更像是一種挖掘人類心靈的工具，人類一直以這種工具來刺激神經，滿足他們對感覺的饑渴；同時宣洩他們黑暗心靈中的性與攻擊欲望。這些題材實在是人類最原始的關注，誠如美國恐怖小說家巴克（C. Barker）所言，在看這類恐怖故事時，「當人們受到驚嚇或壓抑，當人們將眼睛移開，那一定是眼前存在著令他們難以負荷的東西，如果這種東西令他們難以負荷，那一定是最重要的議題。」

這個重要的議題雖為儒家思想所漠視，但除非我們正視它，否則它的聲音是不會停止的，即使時至今日，它仍一直以類似的結構重複現形！

情欲與邏輯：
《今古奇觀》裡的婚姻試煉

「願天下有情人都成眷屬」，但大家喜歡聽的卻是情愛與婚姻產生衝突、摩擦而幾至「不可相容」的故事。

情欲與邏輯之間若存在嚴重的對立而難以調合時，它就會以悲劇收場，譬如〈王嬌鸞百年長恨〉、〈莊子休鼓盆成大道〉。

要調合情欲與邏輯的衝突，只有一種方法，那就是「和稀泥」。寬恕經常身不由己的情欲，原諒經常考慮不周的邏輯。

如果是男人愛到最高點，而女人心中有邏輯，較能有平凡的幸福；但如果是女人愛到最高點，而男人卻心中有邏輯，那就會產生麻煩！

情愛與婚姻是最重要議題

在《今古奇觀》這部四十卷的民間說部裡，有將近半數屬於情愛與婚姻的故事。其中如〈莊子休鼓盆成大道〉、〈喬太守亂點鴛鴦譜〉、〈金玉奴棒打薄情郎〉、〈賣油郎獨占花魁〉、〈蔣興哥重會珍珠衫〉、〈王嬌鸞百年長恨〉等，都是相當知名，而為戲劇、電影、電視所一再搬演者。

過去的論者經常只擇取其中一篇，來探討它所呈現的情愛婚姻或性別角色觀，這種微觀的立場，當然無可厚非，但若想借此管窺民間百姓在這方面的看法，顯然有著嚴重的缺陷。《今古奇觀》裡的這些故事，單篇來看，固然是篇篇都有丘壑與勝景，但有的柳暗，有的花明，我們很難斷定何者能代表當時民間的主流觀點。事實上，這些來自民間的故事，除了情節的曲折堪稱奇觀外，其樣貌的豐繁，也相當周延地呈現了人類在情愛與婚姻方面今古不變的重要議題。

面對這麼豐富的素材，我們除了分而析之外，更宜合而觀之，像拼圖遊戲般，排比各個丘壑，將它們拼湊成一幅較大的山水，然後拉開距離，放大視野，用心觀賞，那麼對這幅代表民間情愛婚姻與性別角色觀的山水寫意圖，我們始較能看清它在深層有著怎樣的地質結構，而在表層又是如何地峰迴路轉與柳暗花明。

這種觀賞方式不僅是宏觀的，而且還是動態的，本文準備採取的就是這種方式。

五個故事的普同結構

說到情愛，連最悲觀的哲學家叔本華都不得不承認，它是人間最令人狂喜的一種體驗；至於婚姻，連最反動的左翼精神醫學家列因也不得不承認，它是人類所創建最美好的一種制度。但幾乎所有讓人傳誦不已的情愛與婚姻故事，訴說的都是這兩者間的衝突與摩擦。而它，亦正是《今古奇觀》這類故事所具有的普同結構。

〈莊子休鼓盆成大道〉裡的田氏，在丈夫莊子用話試她時，原本矢志節烈，但莊子死後，她在守喪期間即對來訪的楚國王孫產生情愛，主動求婚，將靈堂翻成洞房。為了治王孫之病，更劈棺欲取莊子腦髓。從棺中歎氣而出的莊子，嘲弄田氏對婚姻的誓約，而使田氏羞愧自殺。

〈金玉奴棒打薄情郎〉裡的窮書生莫稽，入贅乞丐團頭金老大家，與妻子玉奴原本恩愛，但等他聯科及第，登上龍門之後，卻暗悔與乞丐結親為終身之玷，因而在赴任途中將妻子推墜江中，欲另攀高親。

〈王嬌鸞百年長恨〉裡的周廷章，與王嬌鸞在後花園邂逅，羅帕為媒，詩歌唱和，日漸情熱，終至登堂入室，誓偕伉儷。但周廷章在返鄉後，竟忘前盟，別娶他人，而使王嬌鸞守望成空，悒鬱自殺。

〈喬太守亂點鴛鴦譜〉裡的孫潤，喬裝成姊姊出嫁，劉慧娘則小姑伴嫂嫂同眠，孤男寡女一見鍾情，乾柴烈火，結果搞亂了三對青年男女間的婚約，而使各家家長一狀告到官府裡去。

〈蔣興哥重會珍珠衫〉裡的蔣興哥，與妻子三巧兒恩愛異常，因在外經商羈留，獨守空閨的三巧兒竟與人通姦，一件珍珠衫讓蔣興哥識破了妻子的移情別戀，怒火中燒的他回鄉後，即將摯愛的妻子休掉。

感官知覺與理性思維間的矛盾

以上所舉，雖非這五個故事的全貌，但我們已可看出，它們的脈絡都是沿著情愛與婚姻衝突及摩擦來發展的。我們也可以說，它們所欲呈現的共同主題是，情愛與婚姻所帶來的試煉。

「願天下有情人都成眷屬」，這句老掉牙的成語似乎在告訴我們，情愛與婚姻原本具有極高的相容性。但大家喜歡寫、喜歡聽的卻是這類有著衝突與摩擦而讓有情人不能成為眷屬或眷屬翻作無情人，使情愛與婚姻幾至不可相容的故事。

為什麼會有這種現象呢？極可能是因為這種衝突與摩擦觸及了人類存在的一個本質問題：情愛出乎自然，主要是一種感官知覺體驗；而婚姻則來自文化，有著濃厚的理性思維色彩。就像結構主義之父李維史陀（C. Lévi-Strauss）所言，自然與文化、感官知覺與理性思維之間，在本質上經常有著矛盾，甚至對立的關係。

如果我們將本文欲討論的感官知覺稱為情欲，理性思維稱為邏輯的話，那我們可以更精確地說，《今古奇觀》裡的這類故事，在表面上雖是情愛與婚姻間的衝突、摩擦，實質上則是情欲與邏輯間的矛盾、對立。

在基本的層面上，一個動人的愛情故事跟一個迷人的知識體系，有著同樣的特性與關注。李維史陀曾說，他的「三位情婦」——地質學、精神分析與社會主義——「所探討的乃是同一問題：理性思維與感官知覺之間的關係。」我們也可以說，《今古奇觀》裡的這類故事探討的乃是同一問題：情欲與邏輯間的關係。

要想以婚外情、男尊女卑等語彙及概念來涵蓋《今古奇觀》裡的這類故事（不只以上所舉五個，下詳），都會顯得捉襟見肘，或削足適履。唯一能無礙的貫穿它們的似乎只有「情欲與邏輯之關係」這句話，它也是來自民間、質樸而真切的情愛與婚姻故事最大的關注所在。

情欲壓倒邏輯的代表

存在哲學家卡繆在談到人世的種種衝突與不幸時，會說：「有些是來自情欲，有些則來自邏輯。」以這句話來解讀《今古奇觀》裡的這些故事，顯得格外貼切。

情欲與邏輯雖有本質上的矛盾，但平日隱而不顯，倒也能維持和平的假相，要暴露出它們的對立關係，必須有一導火線，而使情欲壓倒了邏輯，或邏輯壓倒了情欲。〈喬太守亂點鴛鴦譜〉和〈蔣興哥重會珍珠衫〉可以說是情欲壓倒邏輯的代表。

〈喬太守亂點鴛鴦譜〉原先呈現的是一種邏輯布局，劉璞與孫珠姨、孫潤與徐文哥、斐政與劉慧娘三對男女，從小就訂婚，且均已下聘，只待完婚，這種婚姻關係是理性思維的產物。劉璞患重病，為了沖喜而急著迎娶；知情的孫家以孫潤「弟代姊嫁」，劉家以慧娘「姑伴嫂眠」；這些舉措也都來自理性思維。

但這種邏輯布局卻被孫潤與劉慧娘的情欲攪翻天。當兩人同床共眠時，「神魂飄蕩，此身不能自主」的感官知覺戰勝了理性思維，在旁鋪「監聽」的養娘「只聽得床綾搖動，氣喘吁吁」。次早，養娘責怪孫潤不該「口不應心，做了那事」。孫潤說：「怎樣花一般的美人，同床而臥，便是鐵石人，也打熬不住，教我如何忍耐得過？」情欲一旦戰勝了邏輯，便一發不可收拾，孫潤和劉慧娘一連數夜，「顛鸞倒鳳，海誓山盟，比昨夜更加恩愛」。以下故事的發展就是他們的情欲和父母的邏輯與各自的婚約邏輯形成對立的演變。

〈蔣興哥重會珍珠衫〉原也有著邏輯布局，蔣興哥因與三巧兒夫妻恩愛，不忍分離，而耽擱了在廣東的生意。最後，蔣興哥在理性思維下毅然成行，並理智地告訴妻子：「娘子耐心度日，地方輕薄弟子不少，你又生得美貌，莫在門前窺瞰，招風攬火。」

移乾柴近烈火，無怪其然

但三巧兒卻在門前窺瞰，而招攬來陳大郎的情風欲火。陳大郎央托薛婆，薛婆轉而對三巧兒的情欲煽風點火，夜間和三巧兒「絮絮叨叨，你問我答，凡街坊穢褻之談，無所不談」，並「說起自家少年時偷漢的許多情事，勾動那婦人的春心」。最後，在夜裡拖陳大郎到三巧兒的床上，成其好事，「自此，無夜不來」。戀姦情熱的她，甚至將丈夫家中祖傳的珍珠衫贈給陳大郎為貼身之衣。三巧兒和陳大郎的情欲瓦解了蔣興哥的邏輯布局，但接下來則是蔣興哥的理性思維處置三巧兒的感官知覺的故事。

喬太守在審判孫潤和劉慧娘的情欲惹出的禍事時說：「移乾柴近烈火，無怪其然。」在一般人的觀念裡，孤男寡女同處一室，「自然」就會做出那事來，「不做」反而是一種「奇觀」。〈錢秀才錯占鳳凰傳〉一文說，俊俏的錢青替貌醜的表哥顏俊到高府娶親，因風雪阻隔，而在高府和新娘三夜同房，錢青「和衣而睡，並不相犯」。但這種光明磊落不僅顏俊不相信：「你好快活！好欺心！」連知縣也不相信：「自古以來，只有一個柳下惠坐懷不亂，那魯男子就自知不及，風雪之中就不肯放婦人進門了。你少年弟子，血氣未定，豈有三夜同床，並不相犯之理？這話哄得哪一個？」在請得老實穩婆試驗高氏仍是處女後，大家才都「驚喜」萬分。

民間故事慣以極端情境——讓兩個在邏輯上不該靠近的男女靠在一起，結果只有兩種情形：一是這對男女的感官知覺瓦解了他們的理性思維；一是儘管他們潔身自愛，但仍造成第三者理性的崩潰（譬如〈錢秀才錯占鳳凰傳〉裡的顏俊）。邏輯在面對自己或他人情欲的挑戰時，似乎顯得不堪一擊。

邏輯壓倒情欲的情況更多

情欲雖然可怕，但《今古奇觀》裡更多的是邏輯壓倒情欲的故事。在〈金玉奴棒打薄情郎〉裡，莫稽在貧賤時節，和金玉奴夫妻一場，雖說不上恩愛無比，但對她的才貌也是喜出望外。在聯科及第後，他的理性思維開始發作：「早知有今日富貴，怕沒王侯貴戚招贅為婿；卻拜個團頭做岳父，可不是終身之玷？養兒女出來，還是個團頭的外孫，被人傳作話柄。」邏輯推演的結果是：「除非此婦身死，另娶一人，方免得終身之羞。」於是在半夜將玉奴出其不意地推墜江中。

在〈王嬌鸞百年長恨〉裡，周廷章對王嬌鸞原本情愛難捨，在返回故鄉後，知道父親已和魏同知家議婚，正要接他回來行聘完婚，廷章初時有不願之意，「後訪得魏女美色無雙，且魏同知有十萬之富，妝奩甚豐；慕色貪財，遂忘前盟」。理性思維使他淡忘了對王嬌鸞的情愛。

在〈宋金郎團圓破氈笠〉裡，宋金郎娶船夫劉翁之女宜春為妻，劉翁見金郎辛勤做活，算盤帳簿樣樣精通，倒也滿意。孰料宋金郎因痛念愛女早夭而致病，劉翁和劉嫗的理性思維遂開始發作：「當初只指望半子靠老，如今看這貨色不死不活，分明一條爛死蛇，累死身上，擺脫不下。把個花枝般女兒誤了終身，怎生是了？為今之計，如何生個計較？送開了那冤家，等女兒另招個佳婿，方才稱心。」邏輯盤算的結果，劉翁將重病的宋金郎載到江中沙島丟棄，活生生地拆散了一對恩愛夫妻。

冷靜思考與分析的工具理性

在〈杜十娘怒沉百寶箱〉裡，監生李甲迷戀名妓杜十娘美色，致老父痛心，床頭金盡，幸賴十娘恩愛及友人義助，得以為十娘贖身。在買棹歸鄉途中，浪蕩少年孫富垂涎十娘美色，對李甲做了如下的邏輯分析：「她既系六院名妓，相識定滿天下；或者南邊原有舊約，借兄之力，挈帶而來，以為他適之地。即不然，江南子弟，最工輕薄，兄留麗人獨居，難保無踰牆鑽穴之事；若挈之同行，愈增尊大人之怒；為兄之計，未必善策。況父子天倫，必不可絕，若為妾而觸父，因妓而棄家，海內必以兄為浮浪不經之人，兄何以立於天地之間？兄今日不可不熟思也。」李甲「熟思」的結果，遂將原本恩愛無比的杜十娘以千金之價讓渡給孫富。

《今古奇觀》裡的這類理性思維，顯然不是摒棄主觀自我，探討觀念與觀念間之邏輯關係，而讓人理解到情欲虛幻的「絕對理性」；相反的，它們都含有濃厚的主觀色彩，都是用來否定某一情欲特定對象的「工具理性」，而這也正是廣大庶民階級最常有的生命邏輯，它和情欲同樣是「可欲的」（desirable），只是它的「可欲性」是屬於知性的，有價值判斷介入而已。在這種生命邏輯的推演下，價值可疑的、特別是已成為消耗品的情欲對象，就難逃被犧牲的命運。

莊子試妻：對情欲與邏輯的嘲弄

〈莊子休鼓盆成大道〉是《今古奇觀》裡最好的一個故事，對情欲與邏輯的關係也做了最深刻的描述，我們有詳加申論的必要。

莊子一日下山出遊，見荒塚累累，正嘆「老少俱無辨，賢愚同所歸」，嗟嘆生命的虛幻無常時，卻看到一個婦人真實的情欲：一縞素婦人正辛勤地在執扇搧墳，原來她亡夫遺言，須等「墳土乾了，方才可嫁」。她巴不得墳土早乾，所以「向塚連搧不已」。莊子雖覺可笑，但仍助其一臂之力，舉扇對墳頭連搧數扇，「墳土頓乾」，婦人欣喜地千恩萬謝而去。

莊子回家將經過告訴妻子田氏，田氏忿然痛罵那婦人沒廉恥及莊子的輕薄。莊子用話試她：「假如不幸我莊周死後，你這般如花似玉的姿容，難道捱得過三年五載？」田氏即說出「婦道人家一鞍一馬」的烈女邏輯來，就是「夢兒裡也還有三分的志氣」。但莊子認為田氏的這種理性思維只是「談空說嘴」，是經不起感官知覺的挑釁的，於是他以分身隱形的法術做了個實驗：自己詐死，而幻化成一個「俊俏無雙，風流第一」的楚國王孫，出現在田氏面前。

田氏一見王孫，就動了憐愛之心，剛開始尚以理智來圍堵自己的情欲，但幾日的眉來眼去，終於情不自禁、按捺不住，主動托老蒼頭向王孫求婚。王孫提出三個在理性思維上令人為難之處，但都被田氏的情欲所化解。在將靈房翻成洞房，兩人歡天喜地「正欲上床解衣」時，王孫忽然怪病發作，懸擱在高原狀態的情欲，終於使得田氏劈棺欲取莊子腦髓來治王孫的病，做出比婦人搧墳更可怕的事來。

當莊子從棺中嘆氣而出時，情欲夢碎的田氏雖然捏了把冷汗，但仍巧言粉飾，見王孫主僕二人失去蹤影，又放膽對莊子撒嬌撒痴，「甜言蜜語，要哄莊生上床同寢」。莊子用手一指，楚王孫和老蒼頭即從外面踱將進來，田氏自此始知一切都是丈夫的惡作劇，自覺無顏的她，遂羞愧自盡。

擁有肉體是思想生活的威脅

在這個故事裡，莊子所試探與嘲弄的，不只是田氏的邏輯，更包括她的情欲。可憐的田氏，被莊子的法術推入讓她的邏輯和情欲都產生戰慄的情境中，時而理性思維壓倒感官知覺，時而感官知覺又壓倒理性思維，最後不得不在精神恍惚中自殺身亡，讓她的情欲和邏輯同歸幻滅。

莊子的法術所安排的情境也許是人間難見的，但它卻是「絕對理性」的象徵，當觀念與觀念、命題與命題環環相扣時，則在那完美而又殘酷的極端情境中，任何凡人都可能像田氏一樣，暴露出情欲與邏輯間的矛盾，然後癱瘓。

田氏的遭遇讓筆者想起小說家普魯斯特（M. Proust）的一句話，他說：「擁有肉體，對思想生活而言，乃是一大危險。」其實，「擁有思想，對肉體生活而言，亦是一大折磨。」而人類就是一直生活在這種危險與折磨中。王孫唯有吞食腦髓（思想所由生之處），才能滿足田氏肉體的欲求，而田氏唯有毀滅自己的肉體，才能保有她的節烈思想。

莊子似乎是《今古奇觀》裡唯一能擺脫這種危險及折磨的「得道高人」，而這個「道」說穿了，就是體悟到生命之虛幻，然後看破紅塵。故事開頭的西江月詞：「富貴五更春夢，功名一片浮雲；眼前骨肉亦非真，恩愛翻成仇恨。」以及結尾時的鼓盆而歌：「大塊無心兮，生我與伊；我非伊夫兮，伊豈我妻？偶然邂逗兮，一室同居；大限既終兮，有合有離……敲碎鼓盆不再鼓，伊是何人我是誰？」都表明了這個意思。

情欲與邏輯矛盾的調合

但所謂「上智忘情，下愚不及情，情之所鐘，正在我輩」，《今古奇觀》的這些情愛與婚姻故事，關心的並不是以「絕對理性」來洞燭人生之虛幻，而是如何調合情欲與邏輯之間的矛盾，使大家活得更快樂一點。

情欲與邏輯之間若存在嚴重的對立而難以調合時，它就會以悲劇收場，譬如〈王嬌鸞百年長恨〉、〈莊子休鼓盆成大道〉。在〈王嬌鸞百年長恨〉裡，當周廷章對王嬌鸞的情欲達到最高點時，寫下婚書：「女若負男，疾雷震死；男若負女，亂箭身亡。」立了重誓，方與王嬌鸞攜手上床，興雲布雨。後來他的邏輯戰勝了情欲，嬌鸞在自殺前將婚書寄給吳江知縣，官府乃押廷章上堂，罵曰：「我今沒有箭射你，用亂棒打死，以為薄倖男子之戒。」結果被亂棒打成肉醬，好不淒慘！在

〈莊子休鼓盆成大道〉裡，當莊子用話試田氏時，田氏大怒，說「忠臣不事二君，烈女不更二夫；那見好人家婦女吃兩家飯，睡兩家床？若不幸輪到我身上，這樣沒廉恥的事，莫說三年五載，就是一世也成不得！」結果不到半個月，就做出「沒廉恥」的事來，無地自容，只好羞愧自殺。

周廷章因太相信自己對王嬌鸞的情欲，而田氏則因對自己的烈女邏輯過於自信，結果在日後情欲與邏輯發生衝突時，都狠狠地打了自己的嘴巴，在沒有轉圜餘地的情況下，只能以悲劇收場。

整體說來，《今古奇觀》裡的愛情故事，是喜劇多於悲劇的。在〈喬太守亂點鴛鴦譜〉裡，當孫潤與劉慧娘的情欲使原本的婚約邏輯癱瘓時，各家父母都進退失據，不知如何是好。喬太守的明斷是讓生米煮成熟飯的孫潤和劉慧娘配成雙，另將孫潤的未婚妻徐文哥和劉慧娘的未婚夫裴政送做堆，結果不僅化解了可能的悲劇，更將醜事變成美談。他在判詞裡說「十六兩原是一斤」、「事可權宜」、「獨樂樂不若與人樂」，無非是希望大家「看開一點」，若不執著於目前情欲與邏輯所帶來的矛盾，那麼在另一個層次，它們是可以獲得整合的。

寬恕激動的情欲，原諒褊窄的邏輯

在〈金玉奴棒打薄情郎〉裡，被莫稽推墜江中的金玉奴，奇蹟般地為淮西轉運使許德厚所救，許某憐玉奴遭遇，收她為義女。而許某又剛好是莫稽的頭頂上司，他有心讓他們夫妻破鏡重圓，故意招不知情的莫稽為快婿，在新婚之夜，皮鬆骨軟的莫稽一進洞房，卻遭丫環持棒一頓毒打。玉奴罵不住口：「今日還有何顏面，再與你完聚？」而滿面羞慚的莫稽只顧叩頭求恕。最後許德厚出來打圓場：「凡事看我之面，閒言閒語，一筆都鉤罷！」在這位通達歷練的長官眼中，情欲與邏輯的衝突，只是「閒言閒語」，但似乎也只有這種心胸，才能調合兩者，讓對立又變成統一。

在〈蔣興哥重會珍珠衫〉裡，蔣興哥知道妻子紅杏出牆後，憤而休妻。但當三巧兒要改嫁過路的潮陽縣知縣為妾時，蔣興哥念及昔日恩愛，不僅不阻擋，反而將三巧兒留下的十六箱細軟，全數交割與三巧兒，當做陪嫁。鄉里間「有誇興哥做人忠厚的，也有笑他痴的，還有罵他沒志氣的」，但就是因為這樣的忠厚、痴與沒志氣，使蔣興哥日後在潮陽縣闖禍送官時，三巧兒感念興哥舊情，而替他解圍。潮陽知縣在曉得兩人原是夫妻後，居然大方地說：「你兩人如此相戀，下官何忍拆開？幸而在此三年，不曾生育，即刻領去重聚。」於是夫妻又破鏡重圓。

這三個喜劇有一個共通的地方，當當事者因情欲與邏輯的衝突而陷入困境中時，出面調合，將對立文化為統一的，都是比當事者更高階的人士，喬太守、許德厚、潮陽知縣都是這種人。事實上，在〈莊子休鼓盆成大道〉裡，和丈夫生前恩愛，而死後卻急著搧墳的婦人，也是莊子這位高人助她一臂之力，才使她如願的。

這種安排似乎在說，當情欲與邏輯發生衝突時，不僅需要高階人士以他們高人一等的地位來加以裁奪，而且需要他們以高人一等的智慧來加以調合。事實上，這幾位高人的裁奪都是有違司法正義與公序良俗的，但這正是他們的智慧所在。若要一板一眼地來處理情欲與邏輯的衝突，那只好以悲劇收場，即使不死，也留給當事者無盡的追悔與創傷。

要調合情欲與邏輯的衝突，只有一種方法，那就是「和稀泥」。寬恕經常身不由己的情欲，原諒經常考慮不周的邏輯，這樣大家才能活得更快樂一些。

愛到最高點，心中有邏輯？

人因自然所賦予的情欲，而有男歡女愛；文化則將這種男歡女愛納入婚姻的模式中，因為這是最符合族群利益的邏輯安排。《今古奇觀》的這些故事，乃至所有其他的同類故事，雖然描述的都是情愛與婚姻的衝突、情欲與邏輯間的矛盾，但基本上，它們對情愛與婚姻都是持肯定態度的。這些故事與其說是對情愛與婚姻的嘲諷，不如說是情愛與婚姻的試煉。

根據當代心理學的調查研究，在情愛與婚姻方面，男性較重視感官知覺，而女性則較具理性思維；但在《今古奇觀》裡，帶來衝突的卻似乎以女性的情欲（如田氏與三巧兒）及男性的邏輯（如莫稽與周廷章）為主。在這裡，民間文學所反映的並非人生的全貌，而是社會的認知；在社會及婚姻方面都是占優勢的男性，如果不節制他的工具理性那就會令人髮指；而占劣勢的女性，如果不自挫她的情欲，那就會帶來麻煩。這恐怕也是民間百姓在情愛與婚姻方面，內心真正的憂慮與期盼。

情愛與婚姻間的衝突，癥結在於當有人愛到最高點時，有人卻心中有邏輯。一般說來，如果是男人愛到最高點，而女人心中有邏輯，較容易有所謂平凡的幸福；但如果是女人愛到最高點，而男人卻心中有邏輯（或者男女雙方愛到最高點，而家長卻心中有邏輯的話），那就會產生麻煩了！這是《今古奇觀》這些故事共同的核心結構，也是它們的共同關注所在：對男性的邏輯與女性的情欲加以試煉，然後寬恕可以寬恕的。

新編 古典今看

看世界的方法 156

作者　王溢嘉

封面設計　莊謹銘
內頁設計　吳佳璘
責任編輯　魏于婷

董事長　林明燕
副董事長　林良珀
藝術總監　黃寶萍

社長　許悔之
總編輯　林煜幃
副總編輯　施彥如
美術主輯　吳佳璘
主編　魏于婷
行政助理　陳芃妤

策略顧問　黃惠美 · 郭旭原 · 郭思敏 · 郭孟君
顧問　施昇輝 · 林志隆 · 張佳雯 · 謝恩仁
法律顧問　國際通商法律事務所／邵瓊慧律師

出版　有鹿文化事業有限公司
地址　台北市大安區信義路三段106號10樓之4
電話　02-2700-8388
傳真　02-2700-8178
網址　www.uniqueroute.com
電子信箱　service@uniqueroute.com

製版印刷　沐春行銷創意有限公司

總經銷　紅螞蟻圖書有限公司
地址　台北市內湖區舊宗路二段121巷19號
電話　02-2795-3656
傳真　02-2795-4100
網址　www.e-redant.com

國家圖書館出版品預行編目(CIP)資料

新編 古典今看 / 王溢嘉著
一初版. 一 臺北市：有鹿文化, 2019.8
面；公分. 一(看世界的方法；156)
ISBN：978-986-97568-7-7(平裝)

820.7　108010991

ISBN：978-986-97568-7-7
初版：2019年8月
初版第二次印行：2023年5月5日

定價：350元